Der Tote zuwenig

Zu diesem Buch ...

Diesmal hat Karl nichts zu lachen!

Im Jahre 1793 ist die Weinlese im Rheingau abgeschlossen. Karl, der Spätlesereiter, und sein väterlicher Freund Pater Anselm vom Kloster Johannisberg können ihre verdiente Herbstruhe nicht genießen, da sie ein mysteriöser Mordfall in Atem hält. Bei ihren Nachforschungen geraten sie schon bald in erhebliche Schwierigkeiten ...

Eberhard Kunkel, Jahrgang 1931.
Studium der Anglistik und Psychologie in Innsbruck, Marburg, London und Mainz.
Berufliche Arbeit als Psychologe.
1986 Veröffentlichung des satirischen 'Gedichtbandes, „Der Geier Gogoschinsky".
Seit 1987 Autor der Comicserie KARL.
Mit dem Roman „Der Tote zuwenig" legt Kunkel nun seinen ersten historischen Kriminalroman vor. Er spielt vor dem historischen Hintergrund der Jahre 1792 und 1793.

Krimi KARL Roman

Der Tote zuwenig

Ein historischer Roman
von
Eberhard Kunkel

mit
Illustrationen von
Michael Apitz

Gewidmet meinem
Vetter Dr. Matthias Gasser,
der mich weitsichtig
in eine literarische Karriere
gelockt hat.

ak
verlag · gmbh

1. Auflage: Mai 1995
2. Auflage: August 1995

Telefon 0 61 23/7 28 93
Telefax 0 61 23/7 38 99

ISBN 3-925771-13-1

I

„In vino veritas!“ sagte Pater Anselm, im Wein ist Wahrheit. Wir saßen auf der alten Terrasse vor dem Kloster Johannisberg bei einer Flasche Riesling. Der Wind ging flüsternd durch die Rebenzeilen, und der lange Schatten des Mandelbaumes lag schon über mir. Nur der Pater konnte, sich vorbeugend über die Brüstung, sein Glas noch in die letzten Strahlen der Sonne halten.

Der Wein funkelte golden wie ein kleiner freundlicher Abendstern. In vino veritas - was er damit wohl sagen wollte? Die Schatten des Rochusberges kamen von Bingen her über den Rhein, breiteten sich über Rüdesheim und stiegen empor zu uns. Das kleine freundliche Licht des Abendsterns aus Wein und Sonnenstrahl kann die Schatten nicht bezwingen. Es mag unsere Augen erleuchten für kurze Zeit, aber die Schatten bleiben.

Vielleicht hat der Pater die Seele gemeint, die die Wahrheit enthüllt, wenn sie vom Weine benetzt wird.

Da kam mir plötzlich die Idee, nach der ich tagelang gesucht hatte, die Idee, wie ich das Geheimnis ergründen könnte, das uns nun schon seit Wochen beunruhigt. Ich wollte noch mit dem Pater darüber sprechen, aber da rief schon Maria, die vom Dorf her über den Wiesenweg ging. So sagte ich nichts, trank still mein Glas aus, nickte dem Pater noch einmal zu und ließ ihn in Gedanken zurück. Auf dem Weg nach Geisenheim hatte ich mit Maria anderes zu besprechen. Wer will schon in der Vergangenheit kramen, wenn er die Zukunft im Arm hält.

Erst spät am Abend hatte ich Zeit, meine Idee als Vorstellung vor mir auszubreiten und zu überlegen, ob sie mich wirklich weiterführen könne. Da habe ich dann beschlossen, alle, die dem Geheimnis des Mordes nahe waren, zu einer Weinprobe einzuladen.

Heute Abend soll diese Weinprobe stattfinden. Es ist schon alles vorbereitet. Grandpatte, mein Hund aus edlem Geblüt der Gascogne, vertraut mit dem Riesling, soll als Wächter zugegen sein und, wenn sich im Wein die Wahrheit erweisen wird, zuschnappen und den Mörder so lange verwahren, bis wir ihn der Polizei übergeben können.

Bei einem Wettreiten habe ich den guten Hund Grandpatte gewonnen, einen Grand Bleu de Gascogne. Mit dem Hunde zugleich habe ich damals das Recht gewonnen, als Traubenkurier nach Fulda zu reiten, um die Erlaubnis zur Traubenlese vom Fürstbischof einzuholen. Aus dem Unglück eines Überfalls und einer Gefangenschaft wurde das Glück einer Verspätung, die mich zur Entdeckung der Spätlese führte. Seither nennt man mich Karl, den Spätlesereiter. Hier sollte ich noch einfügen, daß ich mich einige Zeit nach dem Glück der späten Lese selbständig gemacht habe mit einem kleinen Institut für Traubenkunde, in dem ich zum Nutzen der Winzer die Rebenkultur erforsche.

Hier habe ich nun alle meine Tagebuchnotizen vor mir liegen, die mit dieser schauerlichen Mordgeschichte zu tun haben könnten. Ich hoffe, ich habe nichts übersehen.

Fürchten sollte ich, daß ich zu früh einen Verdacht gehabt haben könnte. Auch wenn man nur die Tatsachen betrachtet, wird man leicht irregeleitet, sofern man sie mit einem von einem bestimmten Verdacht getrübten Auge betrachtet. Leicht treten da jene Tatsachen leuchtend hervor, die den Verdacht zu bestätigen scheinen, während die Tatsachen still in den Schatten gleiten, die dem Verdacht widersprechen.

Schließlich bin ich kein Kriminalist, sondern ein schlichter Önologe und hege normalerweise höchstens den Verdacht, daß es ein böses Gewitter geben wird, wenn schwarze

Wolken von der alten Kaiserpfalz in Ingelheim herüberziehen. An einen Mordverdacht muß ich mich erst noch gewöhnen.
An Hand meiner Tagebuchnotizen will ich jetzt darlegen, was bis heute, Dienstag, dem 31. Mai 1793, vorgefallen ist. Dabei muß ich etwas weiter ausholen, damit auch alles, was ich schreibe, verständlich ist.

Mittwoch, der 29. 9. 1792.
Die letzten Trauben des Klostergutes wurden gelesen. Wir fuhren schon früh mit den Feldbütten in den Weinberg.
Feldbütten, das sind die großen Bütten, in denen wir die Trauben aus den Weinbergen holen. Sie bleiben auf dem Wagen, während gelesen wird.
Dicke Nebelschwaden lagen noch überm Rhein. Die Trauben waren kalt und naß und die Erde zwischen den Rebenzeilen aufgeweicht. Bald wurden die Hände kalt und die Schuhe schwer an den Füßen. An manchen Stellen war die Erde lehmig, und die nassen, lehmigen Erdklumpen ließen sich nur mühsam vom Schuh schütteln. Leichter wäre es gewesen, an diesem Tag Trauben in einem Weinberg zu lesen, dessen Erde weniger Lehm und mehr Schiefer enthalten hätte.
Die Leser haben kleine Körbe, die sie mit Trauben füllen und dann in eine längliche Butte leeren, die der Buttenträger zur Feldbütte auf dem Wege bringt. Wenn der Weinberg am Hang liegt, steht die Feldbütte mit ihrem Wagen immer auf dem Wege, der unterhalb des Weinberges entlang führt, damit der Buttenträger mit der leeren Butte zu den Lesern hinauf steigt und mit der vollen Butte zur Feldbütte hinunter gehen kann.
Der Buttenträger sieht bei seiner Arbeit besonders würdig aus; denn er muß immer langsam und gemessen und sehr aufrecht gehen, damit er die Trauben nicht verschüttet, die er, hoch bis an den Rand der Butte geschichtet, auf seinem Rücken trägt. Dem Fremdling erscheint er deshalb als der wichtigste Mann im Weinberg, wenn er so hin und wieder schreitet und die Gaben der Leser wie einen fälligen Tribut in

Empfang nimmt. Jeder Rheingauer Bub träumt daher davon, einmal Buttenträger sein zu dürfen.
Leider ist das mit diesem Traum so wie mit den meisten Träumen. Sie sind nur richtig zu genießen, solange sie nicht wahr werden. Da ich heute allein war als Buttenträger, ward mir bald knickebeinig zu Mute. Mit voller Butte sank ich bei jedem Schritt tief in die Erde, und meine erdklumpigen Schuhe schütteln, das konnte ich auch nicht, ohne meine Last zu gefährden. Müde und griesgrämig beneidete ich Grandpatte, der beim Wagen lag, auf besonders süßen Trauben kaute und zur Begrüßung kaum mehr den Schwanz bewegte, wenn ich mit meiner Last daher kam.
Maria hatte nicht mitkommen können, sie mußte auf dem Gute ihres Vaters aushelfen.
Es war auch nicht möglich gewesen, einen der französischen Emigranten zur Aushilfe anzustellen. Die Herren haben alle noch viel Geld, was sie deutlich zeigen. Sie haben es nicht oder noch nicht nötig zu arbeiten. Sie sprechen nur davon, wie sie bald kühn die Revolutionstruppen besiegen werden und dann als strahlende Helden in ihre Heimat zurückkehren. Ich kann das ja verstehen. Es erscheint mir nur etwas unrealistisch. Wenn die Revolution in Frankreich noch lange dauert oder noch schlimmer wird, werden sich ihre finanziellen Verhältnisse vielleicht auch noch ändern. Vorerst müssen wir uns nach den Wünschen des Erzbischofs in Mainz richten, der uns aufgerufen hat, die Flüchtlinge aufzunehmen. Die Leute hier waren ja am Anfang nicht so begeistert von diesem Ansinnen. Als sie aber merkten, daß die Flüchtlinge Geld hatten und sich etwas an ihnen verdienen ließ, boten sie ihnen gerne Unterkunft. So ist das immer. Wenn die Barmherzigkeit gut bezahlt wird, wächst sie wie ein Holunderbusch.
Wie wird es den Emigranten ergehen, wenn ihr Geld aufgebraucht ist?
Vielleicht war der Grund meiner schlechten Stimmung an diesem Tag gar nicht die mühselige Arbeit mit schweren Schuhen oder die nebelkalte Morgenluft, sondern einfach die

Tatsache, daß Maria nicht hatte mitkommen können. So habe ich den Baron Freiholz, der mit dem jungen Werner vorbeikam, den wir das Klosterkind nennen, ziemlich ungnädig begrüßt. Er war natürlich mit der Lese in seinen Weinbergen schon fertig. Ständig lebt er in Angst, ein schlechtes Herbstwetter könnte ihm die Trauben verderben, bevor er sie gelesen hätte. Deshalb fängt er immer schon als erster mit der Lese an, damit ihm nur ja kein Perkelchen seiner wertvollen Trauben verloren geht und kein Tröpfchen Wein im Regen versickert. Wenn er dann fertig ist, geht er durch die Weinberge und hofft, es werde bald tüchtig regnen, damit ihn jeder beneiden müsse, der sich noch mit der Weinlese plagt.

Das Klosterkind ist ein gutmütiger, freundlicher Mann, der gar nicht zu ihm paßt. Schon äußerlich sind sie verschieden. Während der Baron hager ist, mit der scharfen Nase seines Vaters die Winde schneidet und mit engstehenden Augen den Widrigkeiten der Welt entgegenblickt, scheint das Klosterkind von der Welt eher Freundliches zu erwarten. Nicht ganz so groß wie der Baron, dafür aber breiter und kräftiger, schaut er aus großen, braunen Augen voll fröhlicher Erwartung. Eine Enttäuschung ist noch nicht sichtbar. Wir wundern uns oft, wie es dieser Mann bei dem störrischen und mißgünstigen Geizhals aushält. Ohne diesen immer fleißigen und klugen Helfer wäre der Baron übel dran. Das weiß er wohl auch selbst und behandelt ihn deshalb sehr korrekt, manchmal meine ich, nicht so wie einen Knecht. Das Klosterkind ist aber auch anders als andere Knechte. Er geht zwar auch zuweilen des Abends zum „Schoppenschorsch“, um mit den Winzern und den anderen Knechten ein Glas Wein zu trinken. Er bleibt bei aller Vertrautheit im Gespräch aber immer ein wenig für sich, da er seine Worte anders wählt und die Sätze anders fügt als die andern. Das wird an seiner Erziehung liegen. Keiner kennt seine Eltern.

Eines Tages, vor etwa dreißig Jahren, lag ein Säugling vor der Tür des Klosters Eibingen, in einem Körbchen, wohl eingewickelt in Tücher. Es sollen kostbare Tücher gewesen sein, mit Spitzenbesatz, sagt Maria. Das Monogramm allerdings sei aus diesen Tüchern herausgeschnitten gewesen. Das flache Kissen, mit dem der Säugling bedeckt gewesen sei, habe kein Monogramm getragen.

Auch von einem Brief, der in dem Körbchen gelegen habe, wird gemunkelt. Pater Anselm, der wohl mehr über diese Sache weiß, wird sehr unwirsch, wenn man ihn darauf anspricht. Vor längerer Zeit hat er einmal etwas von einem Kind der Sünde gesagt. Als ich erwiderte, das sei in unserer aufgeklärten Zeit doch unzeitgemäß ausgedrückt, sagte er, ich solle mich bei meiner Rede auf die Dinge beschränken, von denen ich etwas verstünde. Im übrigen, sagte er unvermittelt, sei es immer noch besser, einen Säugling in einem Körbchen wohlversorgt vor die Pforte eines Nonnenklosters zu legen, als ihn umzubringen. Durch etwas müßten sich unsere christlichen Zeiten doch wohl von den heidnischen Gepflogenheiten früherer Zeiten unterscheiden.

Die Schwestern der heiligen Hildegard haben sich rührend um den Säugling bemüht. Sie haben ihn groß gezogen, für eine gute Schulbildung gesorgt und ihn schließlich zu einem Lehrherrn geschickt, bei dem er den Weinbau von Grund auf lernen konnte.

Sie sollen nicht so glücklich gewesen sein, ihn als Knecht zu sehen. Hätten sie doch lieber gesehen, wenn er in einen guten Winzerbetrieb eingeheiratet hätte. So wie ich das machen will, wenn ich dem Meister Leberlein, Marias Vater, gezeigt habe, daß er mir seine Tochter unbesorgt anvertrauen kann. Mein Institut für Traubenkunde scheint ihm nun doch zu imponieren. Er hat mich sogar schon einmal um Rat gefragt in der Kellerarbeit.

Freiholz und das Klosterkind kamen von Geisenheim herauf, und der Baron fing gleich an zu spotten. Ich erinnere ihn an einen Storch mit Elefantenfüßen, rief er und prahlte damit, daß er schon echte Elefanten gesehen habe, als er noch ganz klein gewesen sei. Da war er nämlich mit seinen Eltern auf einer großen Reise in den Süden. Ich glaube, sie waren sogar in Afrika, sicher aber im Süden Italiens. Seine Mutter soll auf dieser Reise gestorben sein. Vielleicht ist er deshalb so geworden, so wie einer, der nach einem schlimmen Verlust Besitztümer um sich aufhäuft wie einen Deichbau gegen alles Unheil. Manche Leute aber sagen, sein Vater sei genauso gewesen wie er. Der sei einer so schönen und warmherzigen Frau wie der Mutter des Barons nicht würdig gewesen. Nach ihrem Tod hätte er ein dürres Gespenst geheiratet, an dem er wohl wenig Freude erlebt hätte, das aber die durch die Reise in den Süden strapazierte Kasse des Hauses wieder ein bißchen aufgefüllt hätte. Auf diese Weise hätte er das Gut für die Familie erhalten können.

Ich reagierte ungnädig und ließ die beiden bei Grandpatte allein. Der fing an zu knurren. So ward es dem Baron ungemütlich, und er verzog sich. Es tat mir leid des Klosterkindes wegen. An einem anderen Tage hätte ich auch sicher mehr Selbstbeherrschung gezeigt. Heute war mir das nicht möglich.

Es gibt Leute, die behaupten, der Baron zöge den Frauen, die bei ihm Trauben lesen, am liebsten Männerhosen an. Dann könnten sie nicht Trauben stehlen, indem sie unter ihre weiten Röcke kleine Säcke bänden, um darin die gestohlenen Trauben zu verbergen.

Unruhig und beunruhigend ist unsere Zeit: Soldaten überall. Sie kommen aus Salzburg, Preußen, Frankreich und Hessen-Darmstadt. Sie kämpfen an vielen Orten.

Jetzt ist schon seit längerer Zeit Mainz von den Franzosen, nicht von den Emigranten, sondern von den revolutionären Truppen besetzt. So weit ist es mit der Revolution gekommen. Keiner weiß so recht, welche Ideen jetzt dort im Schwange sind. Viel wird erzählt davon, daß gleichzeitig Freiheit und Gleichheit herrschen sollen. Ich kann mir das nicht gut vorstellen, denn ich habe zwar immer erlebt, daß die Menschen gerne frei sein wollen von allem, was ihnen lästig ist. Ich habe aber noch nicht erlebt, daß sie auch alle gleich sein wollen. Ich merke nur immer, daß jeder sich besser dünkt als der andere und schließlich auch besser sein will. Zur Gleichheit müßten sie also wohl gezwungen werden. Was wird aber dann aus der Freiheit? Einer der Emigranten hat mir erklärt, das ginge alles wunderbar, wenn nur die Brüderlichkeit dazu komme: Freiheit, Gleichheit und Brüderlichkeit, das sei das Geheimnis. Die Brüderlichkeit gehöre auch zu dieser neuen Dreieinigkeit. Da will ich mich gerne überraschen lassen. Wir leben jetzt schon im 18ten Jahrhundert christlicher Brüderlichkeit, und immer noch ist nicht viel davon zu erkennen. Aber das Christentum wollen die Revolutionäre auch abschaffen. Da handelt es sich bei ihrer Brüderlichkeit wohl um die schiere, also gleichsam nackte Brüderlichkeit. Wenn sie davon nur nicht den Schnupfen bekommen!

Montag, der 25. 10. 1792.
In der Nacht vom 24. auf den 25. 10. brach eine Truppe von ungefähr 300 französischen revolutionären Reitern über Johannisberg herein. Sie wollten die besten Weine für die besonders freien und gleichen Revolutionäre nach Mainz holen. Dem schlauen Pater Anselm gelang es aber, sie mit Weinen minderer Qualität abzuspeisen. Diese Geschichte muß ich ein andermal erzählen.
Man gerät ins Philosophieren, wenn man die revolutionären Ideen über die Gleichheit betrachtet und dabei bedenkt, wie ungleich die Weine sind. Gott sei Dank! Wie schrecklich wäre es, wenn alle Weine gleich wären.

Heute am 25. 10. kam es zu einem bösen Streit zwischen Henne Kramhold und dem Klosterkind. Es ging um einen Weg über ein Grundstück, das schon lange wüst liegt und das dem Kramhold auf dem Weg in seinen Weinberg im Weg ist. Das Grundstück gehört dem Baron, der es aber nicht verkaufen will an den Kramhold, obwohl er nichts Gescheites damit anfangen kann, weil es so klein ist. Er verwehrt es dem Kramhold sogar, über das Grundstück zu gehen.

Heute morgen nun hat er das Klosterkind, den Werner, mit der Sense zu dem Stück geschickt, er solle die Wüstenei ein wenig richten. Da mußte zur gleichen Zeit der Henne Kramhold des Weges kommen, um mit dem Karst auf der Schulter in seinen Weinberg zu gehen. Ein beweglicher Mann ist der Henne. Er nutzt seine Arme gerne, um das, was er sagt, noch weiter zu erläutern. Seine Augen sind unter den Bögen immer etwas nach vorne gereckt. Das sieht so aus, als ob er stets aufgeregt wäre.

Da der Werner doch als freundlich bekannt ist, nahm Henne wohl an, dieser werde ihn ungehindert passieren lassen, und betrat einfach das Grundstück, ohne viel zu fragen.

Da hatte er sich aber geirrt. Der Werner wurde schrecklich wütend, wohl weil es ihm unangenehm und seiner Natur zuwider war, dem Henne den Durchgang verwehren zu müssen. Sie sind eigentlich Freunde und haben beim „Schoppenschorsch" zusammen schon oft einen guten Riesling getrunken. Nun war er gezwungen, ihm den Weg über das Grundstück zu verbieten, zumal er den Baron in der Nähe wußte. Umso ärger gebärdete er sich in seiner peinlichen Wut, wohl um sich selbst zu bestärken in der Abwehr des Eindringlings. Die Sense hob er sogar.

Der Henne aber war verblüfft, und weil er einen ganz anderen Empfang erwartet hatte, benahm er sich ebenso ungewöhnlich und schrie, der Werner sei ein Bastard und ein Nonnendepp, und hob seinen Karst, um auf den Werner loszugehen. Wer weiß, was geschehen wäre, wenn nicht der Pater Anselm dazugekommen und dazwischen getreten wäre. Der Pater versuchte zwar, die beiden zu versöhnen, diese waren aber in ihrem ungewohnten Verhalten so unsicher und deshalb so hartnäckig, daß der Streit mit Worten immer heftiger wurde und Beschimpfungen ausgetauscht wurden, von denen jetzt keiner von beiden mehr zu glauben scheint, daß sie wieder gut zu machen seien. Zum schlechten Ende fiel Henne dann auch noch mit seinen langen Armen gestikulierend über den Pater her, dem er vorwarf, ein alter Sack voll Ungerechtigkeit zu sein. Was sonst noch alles in der Erregung gesagt wurde, eignete sich nicht zur Wiedergabe in meinem Tagebuch.

Dienstag, der 14. 12. 1792.
Karl der Große hat schon gesagt, daß der neue Wein eifrig verkostet werden müsse, damit die rechte Zeit zum Abstechen gefunden werden könne. So waren wir im Keller versammelt, um den neuen Wein zu prüfen. Wir, das waren Pater Anselm, Oskar, Grandpatte und ich. Oskar ist mir schon seit Jahren ein treuer, wenn auch manchmal etwas eigenwilliger Freund, dessen Gedanken oft nicht ganz so abgerundet sind wie seine Gestalt. Er möchte gar zu gerne eine erdballkräuselnde Erfindung machen. Das Wort erdballkräuselnd vermittelt wohl ein schiefes Bild, da sich der Erdball schwerlich kräuseln kann, aber gerade deshalb paßt es gut zu den Erfindungen, an denen Oskar sich versucht.
Es war noch zu früh, den Wein abzustechen. So nennt es der Winzer, wenn er den vergorenen Wein von der toten Hefe, die auf dem Faßboden ruht, herunterholt und in ein frisches Faß füllt. Grandpatte war enttäuscht. Für ihn fällt beim Abstich immer ein Gläschen ab. Er kletterte übellaunig hinauf in den Hof, um ein wenig zu bellen.
Wir haben uns dann gemütlich auf die Kellertreppe gesetzt und einen Schluck von den Weinen probiert, die Pater Anselm vor den Franzosen gerettet hat.
Oskar machte dunkle Andeutungen über ein Verhältnis, das der Werner mit einer Frau haben soll, die am Rheinufer wohnt. Ich kenne die Leute nicht. Sie sollen aber wohlhabend sein. Wohlhäbig, sagt Pater Anselms Freund, der Geheimrat aus Frankfurt, der jetzt beim Herzog von Weimar Minister geworden ist. Das ist ein Minister, wie man ihn sich nur wünschen kann. Der sieht so aus, als ob er etwas von seiner Sache verstünde, und er versteht auch was davon. Früher gab es ja schon manchmal Minister, die nichts von ihrer Sache

verstanden, sie sahen aber wenigstens so aus, als ob sie etwas davon verstünden. Heute gibt es immer mehr Minister, die noch nicht einmal so aussehen, als ob sie etwas verstünden, und natürlich auch nichts mehr von ihrer Sache verstehen. Da muß man sogar auf den Trost des ersten Anscheins verzichten.

Das Klosterkind sei schon oft in diesem Haus gesehen worden, berichtete Oskar, und pflege an lauen Sommerabenden verdächtig vertrauten Umgang mit der recht ansehnlichen Frau des Hauses. Das traute Verhältnis entwickle sich in der dem Rhein zugewandten offenen Laube immer aufs angenehmste, und wenn es sich in der offenen Laube, die allen Wohlmeinenden Einsicht böte, schon so freundlich gestalte, wie werde es dann im Hause wohl weitergehen!

Der schmutzigen Phantasie dieser Einsichtigen sei von der Natur keine Grenze gesetzt, meinte Pater Anselm, ganz gegen seine Gewohnheit von Oskars Klatschbericht Kenntnis nehmend. Er sei da ganz anderer Ansicht, ein Verhältnis, das sich verbergen müsse, werde sich in der Öffentlichkeit nicht so deutlich entfalten. Gerade diese Entfaltung in der Öffentlichkeit sei der beste Beweis dafür, daß der vertraute Umgang in der Laube im Hause eben keinen verschwiegenen Fortgang finde, der, weil verschwiegen, umso intensiver sei. Pater Anselm sagte das sehr bestimmt.

Der Ehemann, der wohl oft in Geschäften verreist gewesen sei, jetzt aber der unruhigen Zeitläufte wegen häufiger zu Hause sein müsse, sehe das aber ganz anders, murmelte Oskar nach einer Weile. Zumindest seit er von einigen Wohlmeinenden auf den hörnerverdächtigen, inneren Zustand seines Hauswesens hingewiesen worden sei. Er habe schon gesagt, er werde sein Mißbehagen schrecklich zum Ausdruck bringen, wenn die rechte Zeit gekommen sei. Die beiden Liebenden, so müsse man sie wohl nennen, hätten von all' dem noch nichts bemerkt. Man könne richtiges Mitleid mit ihnen empfinden, wenn man des grausamen Schicksals gedenke, das ihrer harre.

So meinten die Wohlmeinenden.
Die doch den ganzen Unsinn angezettelt hätten, sagte darauf Pater Anselm ungehalten, die heuchlerischen Schlüssellochpropheten seien letztlich Schuld an vielem Unheil. „Es gibt aber auch noch Schlimmeres“, fügte er unvermittelt hinzu, und erklärte, daß er sich seit einiger Zeit mit Schriften beschäftige und langsam lerne, daß eine jede Schrift ein unverwechselbares, eigenes Gesicht zeige, wenn man sie nur recht zu betrachten wisse. Es sei sogar möglich mit einiger Übung, eine Schrift zu erkennen, die der Schreiber zu verstellen sich bemüht habe. Das sei etwa so, wie man ein Gesicht erkennen könne, auch wenn sein Eigentümer es willkürlich zu einer Fratze verzerre. Er habe vor einigen Tagen mit Baron Freiholz darüber gesprochen, der ihn ausgelacht habe und gemeint habe, die Buchstaben seien alle gleich. Da könne man nicht viel Eigenart entfalten, aus der man dann den Schreiber wiedererkennen könne. Er werde es diesem Baron noch zeigen, meinte Pater Anselm. Er habe auch ihn um einige Papiere aus seinem Hause gebeten, damit er an ihnen üben könne.
Jetzt, da ich dies niederschreibe, fällt mir auf, daß der Pater gesagt hat, seine Schriftforschung sei schlimmer als das Schicksal, das vielleicht die beiden Liebenden erwarte.
Was ist schlimm an einem Schriftvergleich? Höchstens der Inhalt der Schriften. Von dem hat er aber nichts berichtet.
Ich habe Maria nach diesen Leuten gefragt, die am Rhein wohnen, bei denen das Klosterkind so oft zu Besuch ist. Sie sagte, sie kenne die Frau.

Heute ist Weihnacht, der 24. 12. 1792. Wir waren in der Klosterkirche zur Mette. Der Abt hatte Pater Anselm gebeten, die Weihnachtspredigt zu halten.
Seit einiger Zeit bleiben wir von den Übergriffen der französischen Revolutionäre in Mainz verschont, da die Preußen gekommen sind und den Rheingau besetzt halten. Ich will zwar nicht behaupten, daß wir von dem Regen in die Traufe

gekommen seien, aber einen kräftigen Regen spüren wir immer noch, nur sind es jetzt die Verbündeten, die Freunde, die uns plagen. Vielleicht ist es doch schlimmer, da man von Feinden Plagen erwartet, von Freunden aber nicht. Wenn nun Freundlichkeit und Plagen, die die Freunde bringen, bei diesen ebenso verteilt sind, wie sie es bei den Feinden waren, dann wiegen bei den Freunden die Plagen schwerer, weil sie unerwartet kommen, und die Freuden leichter, weil sie erwartet worden sind, und so empfindet man bald die Freunde schlimmer als die Feinde.

Im Rheingau macht ein böser Scherz die Runde. Ein preußischer Soldat sei erkrankt. Man habe ihn in einer Klinik in Wiesbaden operieren müssen. Die Ärzte hätten dabei festgestellt, daß er zwar zwei Mägen aber kein Herz gehabt habe.

Pater Anselm wählte eingedenk der kriegerischen Zeit den Weihnachtsfrieden zum Thema seiner Predigt.

„Friede auf Erden den Menschen, die guten Willens sind!“, sagte er, und fuhr dann fort, ob sich denn keiner von uns darüber wundere, daß Gott uns schon vor fast 1800 Jahren den Frieden auf Erden versprochen, sein Versprechen aber noch immer nicht eingelöst habe. Ob Gott seine Versprechen nicht halten wolle oder vielleicht nicht halten könne? Dann erläuterte er, daß man doch zuerst einmal überlegen müsse, welchen Frieden Gott eigentlich gemeint habe. Den Frieden zwischen Emigranten und Revolutionären oder zwischen Preußen und Franzosen etwa oder den Frieden des wohlhabenden Mannes, damit dieser mit Behagen sein Gut verzehren könne, oder auch den Frieden des Armen, damit dieser die dünne Suppe, die er habe, nicht auch noch verschütten müsse? Das könne nicht gemeint sein, sagte er. Wenn Gott von dem Frieden spreche, den Er uns anbiete, böte er Seinen Frieden an. Das sei nicht der Friede zwischen Menschen, sondern Er selbst sei der Partner des Friedens. Den Frieden zwischen Ihm und den Menschen, meine Gott, den Menschen, die guten Willens seien, also bereit seien, Seinen Frieden zu akzeptieren. Wenn alle diesen Frieden annähmen, werde auf

der Welt auch der menschliche Friede herrschen. Das sei aber bisher nicht so, es sei vielmehr so, daß nur einige den Frieden Gottes anzunehmen bereit seien. Die würden dann von denen, die Gottes Frieden nicht wollten, angefeindet, und so sei es zu verstehen, daß Christus von dem Schwerte gesprochen habe, das er in die Welt bringe. Das sei auch der tiefe Sinn der Ordnung, die das Fest des Märtyrers Stephanus unmittelbar auf Weihnachten folgen lasse. Stephanus habe den Frieden Gottes angenommen und sei deshalb von denen, die nicht dazu bereit gewesen seien, umgebracht worden.

Als wir in ernsten Gedanken aus der Basilika hinaustraten in die ungewöhnlich warme Weihnacht, wäre beinahe ein schlimmes Unheil über uns gekommen. Nach einer Weile hatte sich Pater Anselm zu uns gesellt. Wir standen vor der Tür, etwas entfernt von dem Eingang, als der Pater plötzlich glaubte, seinen Namen aus der Kirche zu hören. Er wendete sich von uns ab und wollte wieder dem Eingang zustreben, doch Grandpatte, der vor der Kirche auf uns gewartet hatte, packte im selben Augenblick zu und zerrte ihn an der Kutte zurück, diese beinahe in Stücke reißend. Wie sehr mußten wir da die Vorahnung und Geistesgegenwart des Hundes bewundern; denn über dem Eingang hatte sich wohl durch die warme und regnerische Witterung ein Stück des Gesimses gelockert und kam herabgestürzt und hätte den Pater mit Sicherheit erschlagen, hätte er nur noch einen Schritt vorwärts getan.

Kann man von Geistesgegenwart eines Hundes sprechen? Manchmal will mir scheinen, Grandpatte sei mit einem siebten Sinn ausgestattet. Meistens beziehen sich ja seine Vorahnungen darauf, wo es etwas Gutes zu essen oder zu trinken gibt, wobei er dem Riesling besonders zugetan scheint. Das ist nicht so spektakulär. Aber in solchen Situationen wie bei dieser Rettung des guten Paters bin ich versucht zu denken, er sei mit Geistesgaben versehen.

Neujahr 1793.
An Sylvester konnte ich bei Maria sein. Herr Leberlein war in seinem Büro. Er wühlte dort unruhig in seinen Papieren, eine Rechnung aus dem Mai suchend. So konnten wir ruhig zusammen sein. Wir sprachen auch darüber, wie sich so ein ungefüger Steinbrocken aus dem Gesimse hatte lösen können, fanden dafür aber keine Erklärung.
Das neue Jahr kam und wendete unser Gespräch in die Zukunft. Böllerschüsse, Posaunenchor und Rufe von den Straßen und aus den Gassen blieben uns fern und fremd in der traumbewegten Nacht. Herr Leberlein war schon vorher zu einem Freund gegangen.

Sonntag, der 2.1.1793.
Das Verhängnis ist über die Liebenden am Rheinufer herein gebrochen, ganz anders, als wir es befürchtet hatten. Beide sind tot.
Werner war wieder einmal zu Besuch im Hause am Rheinufer. Da kam es schon früh am Tage zu Schießereien zwischen den Preußen und Franzosen über den Rhein hinüber. Preußische Husaren geleiteten Proviantwagen von Eltville nach Rüdesheim am Rheinufer hin. Die Franzosen zogen auf der anderen Rheinseite bis Bingen und nutzten Boote und gedeckte Plätze auf den Auen, um diese Züge unter Feuer zu nehmen. Von den Husaren wurde das Feuer fleißig erwidert. All' das geschah, ohne daß viel Unheil angerichtet worden wäre.
Trotz der Warnungen trat daher die junge Frau ans Fenster und öffnete es, um den Krieg, von dem schon dauernd die Rede ist, einmal aus der Nähe zu sehen. Die eifrigen Bewegungen der bunt gekleideten Soldaten, Befehle, Deckung suchen, schießen, wieder aufs Pferd springen und weiterreiten, boten ihr eine ungewöhnliche Unterhaltung, sodaß sie gar nicht mehr vom Fenster weg wollte. Ihr Mann hielt sich im Zimmer verborgen, ohne viel dazu zu sagen. Aber das Klosterkind, pflichtbewußt und um ihr Wohlergehen besorgt, bat sie inständig, sich nicht der Gefahr auszu-

setzen. Sie hörte nicht auf ihn, sondern sah dem Schießen lachend zu. Da trat er neben sie und nahm ihre Hand, um sie mit sanfter Gewalt vom Fenster zu entfernen. Für einen kurzen Augenblick stand er neben ihr, beide dem Schauspiel des Krieges zugewendet, so bezeugen es nicht nur der Ehemann sondern auch ein Diener und eine Magd, die aus einem vor dem Haus eingesenkten Kellereingang ihre tollkühne Herrin ohne Gefahr beobachten konnten. Für einen kurzen Augenblick standen sie so, dann sanken beide langsam nach vorne über die Brüstung des Fensters, sie in die Brust und er durch die Schläfe geschossen.
Pater Anselm, der zum Haus gerufen worden war und kurze Zeit später eintraf, konnte nichts mehr bewirken.
Am selben Tag wurde auch ein Mädchen am Rheinufer erschossen.

Samstag, der 8. 1. 1793.
Ich habe Pater Scheerer getroffen, der jetzt oft in Winkel ist. Er schreibt eine Chronik des Rheingaus. Er hat mir gesagt, er wolle in seine Chronik nur feststehende Tatsachen aufnehmen, denn was sollten die Menschen späterer Zeiten mit einer Chronik anfangen, die unbewiesene Meinungen enthielte. Die Zeitgenossen hätten alle ihre eigene Meinung. Das seien viele Meinungen, und die seien sehr unterschiedlich. Auch über die Spätlese, die ich entdeckt haben wolle, gäbe es schließlich noch viele verschiedene Meinungen. Deshalb habe er die Spätlese in seiner Chronik auch nicht erwähnt. Alles, was umstritten sei, lasse er unerwähnt.
Ob das nicht auch ein falsches Bild von der Wirklichkeit ergeben werde, warf ich ein, da doch so vieles zwar umstritten aber doch geschehen sei?
Darauf ging er nicht ein.
Ich sagte ihm, daß ich seine Chronik gerne einmal lesen wolle. Die sei noch lange nicht fertig. Wir lebten doch erst im Jahre 1793, und er wolle die Chronik bis weit ins 19te Jahrhundert hinein schreiben.

Es könnte doch nicht schaden, wenn ich einmal hineinsehen dürfe. Maria sei sicher auch interessiert.
Das gab den Ausschlag. Marias Wohlwollen scheint ihm wichtig zu sein.

Montag, der 10. 1. 1793.
Pater Scheerer hat mir seine Chronik gebracht. Er gab sie mir nur unter der Bedingung, daß ich sie zwar Maria, nicht aber Pater Anselm zeigen dürfe. Eine merkwürdige Bedingung.
Nun liegt die Chronik auf meinem Schreibtisch. Hoffentlich habe ich bald Zeit, einmal darin zu lesen.
Im Keller ist viel zu tun, und in jeder Stunde, die uns der Keller läßt, müssen wir hinaus in die Weinberge, die Reben zu schneiden.
Ich will in diesem Jahre neue Versuche mit dem Rebschnitt machen und einen Teil der Weinberge so schneiden, daß weniger neue Triebe kommen können. Das wird zwar den Ertrag mindern, aber ich denke, daß der Rebstock den Trauben mehr Kraft gibt, wenn er seine Kräfte nicht auf so viele Trauben verteilen muß.
So kann man die Strategie der Konzentration der Kräfte, von der die Soldaten häufig erzählen, auch für friedliche Zwecke nutzen.

Am 25. 1. hatte ich endlich Zeit, in die Chronik des Paters Scheerer zu schauen.
Ich bin richtig erschrocken. Es war der Bericht über den Unglückstag, der mich so erschreckt hat.
Am besten wird es sein, wenn ich wörtlich aufschreibe, was in der Chronik steht.
„Am Heilig 3 König Tage jagten die Preußen die Franzosen aus Hochheim. Die Franzosen feuerten von Budenheim auf die hin und her reitenden Husaren und Karren herüber, wodurch am 2. Jänner eine Frau und ein Mädchen, die, den Warnungen ungeachtet, dem Schießen mit Lachen zusahen, tot geschossen wurden.“

Das ist sehr knapp berichtet.
Die Franzosen feuerten nicht nur von Budenheim aus. Sie waren auf der ganzen anderen Rheinseite und schossen mit Flinten auch von den Auen und von Booten aus. Aber das war es nicht, was mich erschreckte.
Von dem Tode des guten Werners, des Klosterkindes, stand da kein Wort.
War das vielleicht der Grund für die Bedingung, die Chronik nicht dem Pater Anselm zu zeigen? Aber warum hat Pater Scheerer den Tod des Werner nicht erwähnt? Das ist doch eine Tatsache, und unterschiedliche Meinungen gab es über diese Tatsache auch nicht.
Ich kann das nicht verstehen.
Sollte mir da etwas entgangen sein?
Aber was?

II

Sonntag, der 30. 1. 1793.
Am späten Nachmittag ging ich am Rhein entlang nach Geisenheim. Ich hatte in Rüdesheim in einem Gasthaus vorgesprochen wegen einer Weinlieferung und wollte Maria besuchen und erst später am Abend in mein Institut für Traubenkunde zurückkehren. Manchmal, in letzter Zeit immer öfter, brauche ich ihren 'Blick aus treuer Augen Licht', um weiter arbeiten zu können. Grandpatte guckt mich zwar auch ganz treu an, aber seinen Blick hat Gottfried von Straßburg nicht gemeint, der löscht keine Schmerzen.
Der Tod des Werners beginnt mich zu belasten. Zumal der Chronist wohl meint, er sei mit einem Geheimnis verbunden oder selbst in ein Geheimnis gehüllt.

Ich kann mich nicht erinnern, daß es im Januar schon einmal so warm gewesen wäre. Wenn das Wetter sich so weiter entwickelt, werden wir unsere Winterkleider schon bald in den Schrank hängen können.
In einiger Entfernung vom Rüdesheimer Hafen traf ich Pater Scheerer. Er hatte es sich auf dem Stumpf einer alten Weide gemütlich gemacht, von einem Holundergebüsch gegen die andere Rheinseite abgeschirmt, und versuchte anscheinend, auf einem Blatt Papier eine Skizze anzufertigen. Er sah mich erst, als ich schon nahe herangekommen war, und barg sein Blatt schnell in einer Tasche. Ich glaubte, die Skizze eines Hauses erkannt zu haben. Ich grüßte ihn und blieb stehen.
„Eure Chronik gefällt mir", sagte ich. „Die Menschen späterer Jahrhunderte werden Euer dankbar gedenken; denn man lernt, seine eigene Zeit besser zu beurteilen, wenn man lesen kann, wie die Menschen früher gelebt haben."
„Vielleicht lernen die Menschen auch, sich selbst nicht so wichtig zu nehmen, wenn sie erkennen, wie viele vor ihnen gelebt haben, und wie viele noch nach ihnen kommen werden", meinte er.

Es schien, als wolle er es mir überlassen, ihn an die Auslassung in seiner Chronik zu erinnern. Also fuhr ich fort, wie er es sich nun erkläre, daß er in seiner Chronik eine wichtige Tatsache ausgelassen habe? Er habe mir doch versichert, daß er zwar keine Meinungen, aber doch alle wichtigen Tatsachen in die Chronik aufnehmen und berichten werde. Ob er den Tod des guten Werners nicht für eine wichtige, berichtenswerte Tatsache halte?

Den halte er wohl für wichtig, erwiderte er.

Ob er ihn denn nicht für eine Tatsache halte? Das sei doch wohl nicht möglich. Er sei doch genauso gut eine Tatsache wie der Tod der Frau und der Tod des Mädchens, die er doch beide in die Chronik aufgenommen habe.

Um welche Tatsache es sich bei dem Tod des Werners handele, fragte er mich nun.

Da wurde ich ungeduldig und sagte, der Tod sei eben der Tod und als solcher eine Tatsache. Der gute Werner habe die Frau vom Fenster weg führen wollen und sei dabei wie diese selbst von einer französischen Kugel getroffen worden, die über den Rhein gekommen sei.

Woher ich wisse, daß es eine französische Kugel gewesen sei, wollte er wissen.

Einen Absender hätten die Franzosen ja wohl nicht eingraviert, und ich wisse auch nicht, ob man die Kugel gefunden oder überhaupt gesucht habe. Aber schließlich seien ja genug Zeugen dabei gewesen. Beide seien zur gleichen Zeit erschossen worden, und das spreche auch dafür, daß die Kugeln dieselbe Ursache gehabt hätten, nämlich das Scharmützel zwischen den preußischen Husaren und den Franzosen.

Das sei nun ganz unlogisch, sagte er da. Dinge, die gleichzeitig geschähen, müßten deshalb noch lange nicht dieselbe Ursache haben. Das schiene nur so wegen der Gleichzeitigkeit, und deshalb werde man von der Gleichzeitigkeit der Dinge in seinen Gedanken leicht in eine falsche Richtung gelenkt und nehme etwas für sicher an, was nicht sicher sei.

Ob er denn eine andere Erklärung habe? Es hieße doch, den Zufall ein wenig arg zu strapazieren, wenn man diesen gleichzeitigen Tod anders erklären wolle, als durch französische Kugeln, wandte ich ein.
Ich solle mir doch einmal überlegen, daß ein geschickter Mörder ähnliche Gedanken hätte haben können wie ich und ganz leicht einen für ihn nützlichen Zufall hätte herbeiführen können.
Das mochte ich nun nicht bestreiten. Aber ich wies darauf hin, daß er immer auch die Zeugen bedenken müsse, die doch bezeugt hätten, daß die beiden durch französische Kugeln gestorben seien.
Die hätten nichts weiter bezeugt als die Gleichzeitigkeit des Todes.
Ob er denn eine andere Erklärung für den Tod des Werners habe, der Tod der Frau und des Mädchens hätten doch nichts Rätselhaftes an sich?
Da erzählte er mir endlich, er sei gleich nach Pater Anselm zu dem Hause am Rhein gekommen, habe von dem Unglück gehört und sei hineingegangen, um zu sehen, ob er helfen könne. Der Ehemann hätte gerade zusammen mit Pater Anselm die beiden Leichen geborgen und auf den Boden gebettet. Er sei ihm dabei sehr ruhig, fast unbeteiligt erschienen, so als ob das eine fremde Frau sei, die er da auf den Boden lege. Pater Anselm dagegen sei aufgeregt gewesen. Er hätte den Toten kaum tragen können, und es sei gut gewesen, daß er hinein gekommen sei, um zu helfen; denn mit der Magd und dem Knecht hätte man nichts anfangen können, die Magd hätte geweint wie ein Kind, und der Knecht hätte ganz starr da gestanden. Es sei eher so gewesen, als ob es die Frau des Knechtes gewesen wäre, die da erschossen worden sei. Abgesehen von dem Ehemann sei wohl keiner in der Lage gewesen, einen vernünftigen Gedanken zu fassen. Diesen habe er befragt und erfahren, daß beide im Augenblick ihres Todes aufrecht, etwas nach vorne geneigt, am Fenster gestanden und nach draußen geschaut

hätten. Beide hätten, ihre Köpfe in die Richtung des anderen Rheinufers gewendet, für kurze Zeit nebeneinander still dagestanden.
Pater Scheerer machte eine Pause und sah mich bedeutsam an. Dann fuhr er fort und sagte: „Die Frau wurde von vorne ins Herz getroffen. Die Kugel blieb in ihrem Leibe stecken. Werner aber wurde seitlich über dem Kinn in den Kopf getroffen. Die Kugel nahm ihren Weg nach oben und trat fast an der Schläfe wieder heraus. Nun frage ich euch, wie konnte er so getroffen werden, wenn die Kugel von vorne auf ihn zukam? Es steht fest, daß er nach dem anderen Rheinufer hinübersah. Die Magd und der Knecht haben mir das später bestätigt, als ich sie noch einmal darum befragte!
... und ein zweites, die Kugel, die den Werner tötete, fuhr durch seinen Kopf hindurch. Sie muß also aus der Nähe gekommen sein und nicht von den Franzosen."
Ich war für kurze Zeit stumm. Merkwürdige Gedanken gingen mir durch den Kopf. Ich glaubte nun zu wissen, warum ich Pater Anselm die Chronik nicht zeigen sollte. Er hätte sich zu sehr aufgeregt. Warum aber diese ungewöhnliche Aufregung?
Mord?
Dann dachte ich an Henne Kramhold. Der würde doch so etwas nicht tun. Geschrei und Geschimpfe und eine zerbrochene Freundschaft führen doch nicht zu einem Mord. Da muß doch mehr und anderes dahinterstecken. Der Ehemann hätte anscheinend ein Motiv gehabt. Aber der war im Zimmer, und die Kugel war draußen abgefeuert worden.
„Wie steht es mit den preußischen Husaren? Konnte es eine verirrte Kugel aus einer ihrer Flinten sein?"
„Das ist nicht möglich", erwiderte er. „Ich habe mir, gerade als ihr kamt, eine Skizze gemacht. Die beiden standen an einem Fenster im ersten Stock des Hauses. Das Fenster war offen. Für meine Skizze habe ich den Standpunkt eines objektiven Betrachters am Rheinufer gewählt. Wenn ich also jetzt links oder rechts sage, dann meine ich das nicht auf einen der

Beteiligten bezogen, sondern von dem unbeteiligten und nur gedachten Betrachter aus gesehen. Da sich die Bestimmungen links und rechts ändern, je nachdem, welchen Standpunkt einer wählt, und da alles, was links war, plötzlich rechts ist, wenn ich mich nur umdrehe, muß ich meinen Standpunkt immer bekannt geben, wenn ich diese Bestimmungen benutze. Wenn zwei nebeneinander stehen, dann steht also derjenige, der zunächst der rechten Hand des anderen steht, für den Betrachter, der vor beiden ihnen zugewandt steht, links von diesem."

Er sah mich bedeutungsvoll an und meinte, man müsse bei solchen Ereignissen immer ganz genau sein. Viel Wirrnis in dieser Welt rühre daher, daß einer etwas als rechts oder links bezeichne, ohne seinen eigenen Standpunkt zu dem Bezeichneten zu beschreiben.

Dann fuhr er fort in seiner Erklärung: „Vom Rhein aus gesehen stand er also links von ihr. Die Kugel muß also von links gekommen sein, sonst hätte sie die Frau getroffen. Links über dem Kiefer wurde er getroffen, und links waren keine Husaren. Die waren alle vor dem Hause oder auf seiner rechten Seite."

„Warum haben der Knecht und die Magd den Mörder, wenn es denn ein Mörder gewesen sein soll, nicht gesehen?"

„Das ist ganz einfach. Sie standen in dem ins Erdreich eingesenkten Kellereingang auf der linken Seite des Hauses und schauten mit Bangen nach rechts hinauf zu ihrer unvorsichtigen Herrin. Der gedachte Mörder aber schoß von links aus. Er muß also auf der linken Seite des Kellereingangs gestanden haben, für die nach rechts gewendeten Dienstleute nicht sichtbar."

Was sollte ich dazu sagen?

Da blieb nur eines, eine Frage.

„Wer?" fragte ich.

„Pater Anselm!" sagte er und sah mich an. „Der kam doch gleich ins Haus. Er hätte die schönste Gelegenheit gehabt."

Ich winkte ärgerlich ab.

„Ich weiß es nicht. Ich weiß auch nicht, wie wir es herausfinden könnten. Ich bin schließlich nur der Chronist und habe genug getan, wenn ich diese ungeklärte Tatsache aus meinem Bericht herauslasse."

„So habt ihr genug getan, wenn ihr nichts tut?"

„Habe ich nichts getan? Ich habe schon mehr nachgeforscht, als mir zuträglich ist. Ich habe euch alles gesagt, was ich weiß. Nun ist es an euch zu sehen, was getan werden kann. Ihr seid der Mann der Tat. Ein Chronist soll nichts tun! Einer, der selbst teilnimmt an dem, was er berichtet, ist immer ein schlechter Chronist!"

Damit verließ er mich, und Grandpatte erinnerte mich daran, daß er sich langweile und auf ein gutes Abendbrot bei Maria hoffe.

Wie er das macht? Da hat ein Hund vielfältige Möglichkeiten, nach Dringlichkeitsstufen geordnet. Meine Stimmung richtig einschätzend, stieß er mich nur sanft an mit seiner Schnauze und ging langsam nach Geisenheim zu, ohne sich umzusehen. Was sollte ich anderes tun, als ihm folgen?

Da ist aber doch noch eine Lücke im Argument des Paters Scheerer, dachte ich, als ich so am Rheinufer entlang ging. Wie sollte denn der Mörder wissen, daß die Frau überhaupt getroffen werden würde?

Die Gleichzeitigkeit der Schüsse wenigstens mußte ein Zufall sein. Der Mörder konnte doch nicht irgendwo im Verborgenen sitzen und auf ein Ereignis, den Schuß vom Rheine her warten, ein Ereignis, das vielleicht gar nicht eintrat.

Wohin bringen mich diese Gedanken? Vielleicht hatte er den Mord nicht beabsichtigt und nur einen günstigen Zufall wahrgenommen.

Angenommen, die Frau wäre nicht erschossen worden, hätte der Mörder auch dann den Werner erschossen?

Wenn der ans Fenster getreten wäre? Wer hätte bemerken sollen, daß die Kugel aus der falschen Richtung kam? Der Ehemann vielleicht, der aber wäre froh gewesen, den lästigen Hausfreund los zu sein. Der hätte nichts gesagt. Die Frau wäre so entsetzt gewesen, daß sie nichts bemerkt hätte. Viele Fragen und viele Vielleichts! Ich beschloß, die Überlegungen zu Hause zu notieren.

Die Tür bei Leberleins stand offen. Ich ging also gleich ins Haus und dachte, Maria im Wohnzimmer zu finden.
Gern gehe ich in dieses Zimmer. Stühle aus Eichenholz stehen am Tisch, der sich lang durch das Zimmer reckt. Sie stehen da, als seien sie zufällig an den Tisch getreten zu einem Festmahl und seien noch nicht ganz sicher, ob sie den ihnen zugedachten Platz schon richtig gefunden hätten. Feierlich sind sie in dunkles Grau gekleidet, das einen Hauch vom kräftigen Grün der Rebenblätter trägt. Maria hat sie bequem hergerichtet mit flachen Kissen, die deutlicher noch Farben aus dem Weinberg zeigen, Herbstfarben, lebendiges Gelb und Laubrot, in erdiges Braun gewendet. Sie versteht es, die Farben geschmackvoll zu wählen.
Die hohen Rundbogenfenster an der einen Längsseite dieses würdigen Wohnzimmers sind mit Butzenscheiben versehen. Die andere, dem Hausinneren zugewendete Seite des Raumes wird durch viele Bilder und eingerahmte Urkunden und Diplome geschmückt. Die Bilder sind meist Ahnenbilder. Da der Raum nicht nur zum Wohnen sondern auch zum Feiern genutzt wird, können die Ahnen so freundlich am Leben der Familie Anteil nehmen. Am einen Ende des Raumes steht ein hoher Schrank, mit gedrechselten Säulen verziert. Er beherbergt das Geschirr und die Tischdecken und vor allem Gläser in reicher Fülle. An dem anderen Ende des Raumes hat Maria ein kleines, gemütliches Refugium hergerichtet, wo man ein wenig niedriger als auf den Stühlen an einem kleinen runden Tisch auf Polstern ruhen kann.
Die Verschiebung der Sitzebene gibt diesem Bezirk des Raumes ein eigenes Gepräge. Zwei, drei oder höchstens vier Freunde können hier beisammen sein, ohne sich eingeengt zu fühlen oder durch die Weite des Zimmers nach dem Festtafeltisch hin beunruhigt zu werden.

So richten sich wenige Nachfahren in einem Gehäuse ein, das einer großen Familie Raum bot. So Gott will, werden wir das aber bald ändern. Ich hoffe, daß Meister Leberlein mit seinem Segen nicht mehr lange wartet. Dann soll die Familie wieder groß werden.

Ich fühle mich hier rundherum wohl.

Häuser, in die die Welt mit ihrer Hast durch alle Türen und Fenster eindringt, ertrage ich nicht gerne. Man spürt in ihnen so recht, wie wir durch den Weltraum sausen, einem schrecklichen Ende zu. Die Zeit drängt sich aufgeregt durch die Sanduhr und fasziniert uns so durch ihre Eile, daß wir sie nicht betrachten können und nicht sehen, was sie eigentlich bewegt.

In Leberleins Haus, wenn ich Maria gegenübersitze und die liebe Landschaft ihres Gesichtes studiere, habe ich manchmal den Eindruck, die Zeit bleibe stehen. Ewigkeiten eines ruhigen Glücks seien mir gegönnt. Ich finde Zeit, mich umzuschauen, was geschieht, zu betrachten und Wichtiges von Unwichtigem zu trennen.

Dem Hastigen dagegen im lärmenden Haus ist alles gleich. Ihm verschwimmt ein Ereignis ins andere.

Ich fand Maria in der Küche. Sie ging aber gleich mit mir ins Wohnzimmer und setzte sich mir gegenüber. Sie sah mir wohl an, daß ich eine besondere Nachricht hätte.

„Werner ist ermordet worden. Es war keine französische Kugel, die ihn getroffen hat. Ein Mörder hat auf ihn gelauert! Pater Scheerer, der Chronist, hat die Umstände seines Todes geprüft und festgestellt, daß seine tödliche Wunde nicht von einer französischen Kugel herrühren kann. Wenn es aber keine französische Kugel war, kann sie nur aus der Flinte eines Mörders gekommen sein. Die Husaren waren weit ab vom Haus. Eine verirrte Kugel aus ihren Gewehren konnte ihn nicht erreichen!" So etwa sprach ich zu ihr. Dann erklärte ich ihr umständlich, wie Scheerer das alles herausgefunden hatte, und welche Überlegungen ich danach angestellt hatte, und in der Aufregung wiederholte ich mich, verhaspelte mich, und sie sah mich starr an, saß steif auf ihrem Platz, sagte nichts, sah mich nur an, und da sie mich immer ansah, sprach ich immer weiter und erklärte noch einmal alles und merkte an ihrem starren Schreck, wie sehr mich die ganze Sache im Innersten aufgewühlt hatte und faßte, da sitzend und redend, den Entschluß, diesen Mord aufzuklären, koste es, was es wolle.

Endlich beruhigte ich mich, und Marias Spannung löste sich. „Der arme Werner und die arme Lena", sagte sie und sah mich traurig an. „Beide hatten ein besseres Geschick verdient."
„Ich muß den Mörder finden", sagte ich entschlossen. „Ungestraft darf der Mörder des guten Werners nicht entkommen. Ich spüre in mir eine heilige Pflicht..." Da unterbrach sie mich: „Karl, wieso spürst du dem armen Klosterkind gegenüber auf einmal eine heilige Pflicht, die du doch die ganze Zeit über nicht gespürt hast?"
Sie betrachtete mich sehr ernst und fuhr fort: „Ihr habt ihn doch einsam werden lassen. Er ging ausgesondert neben euch her, der Namenlose aus dem Nonnenkloster. Wer von euch, dich meine ich, Oskar, Kramhold und eure Kameraden, wer von euch war ihm wirklich ein Freund? Ihr habt mit ihm zusammen beim „Schoppenschorsch" gesessen und getrunken und geschwätzt.
Ihr habt ihn aber immer als einen Fremden betrachtet.
Jeder von euch hat einen Namen. Jedes Tier hat einen Namen, jede Pflanze und sogar jedes Ding. Jeder hat einen Namen. Wie soll da einer leben können, atmen und namenlos sein!"
„Der Baron soll damals in der Versammlung, in der sie über den Werner beraten haben, dagegen gewesen sein, ihm einen Namen zu geben", wagte ich da zu bemerken.
„Baron Freiholz, der alte Freiholz? Was schert euch der Baron? Ihr, ihr selbst hättet es tun müssen, hättet ihm einen Namen geben müssen. Was habt ihr getan? Einen Spottnamen habt ihr ihm gegeben. Werner Klosterkind habt ihr ihn genannt oder einfach nur Klosterkind, das sollte wohl lustig

sein, abschätzig war es gemeint. Nur Pater Anselm hat sich um ihn als um einen Mitmenschen und Freund gekümmert und hat ihn nicht spüren lassen, daß er ein anderer war, einer ohne Heimatrecht, ohne Vorfahren, ohne Familie, von dem man nie wissen kann, wozu er eines Tages fähig sein könnte. Aber der Pater ist ein Mann aus einer anderen Generation. Der konnte ihm eure Freundschaft nicht ersetzen.
Jetzt spürst du eine Pflicht und nennst sie gar heilig. Ich weiß nicht, Karl. Mir scheint, deine Pflicht kommt aus einem schlechten Gewissen. Dem Werner wird es nicht mehr helfen, wenn du den Mörder findest. Dir und deinen Freunden und uns allen wird es helfen, da wir uns fürchten müssen, solange der Mörder frei unter uns weilt."
Mit solchen Worten hat sie mir gezeigt, wie mein hehrer Beweggrund nicht frei war von Egoismus, und hat mich erkennen lassen, was wir falsch gemacht hatten.
„So will ich die Suche nach dem Mörder als meine Pflicht dir und allen unseren Freunden und Bekannten und vielleicht sogar unseren Kindern gegenüber sehen und ein wenig auch wieder gut machen, was wir an ihm gefehlt haben."
Da mußte Maria lachen und meinte, wenn ich einmal über etwas nachdächte, könnte ich es in die wunderlichsten Gestalten denken und in allem etwas finden, was mir angenehm sei.
Ich wollte nun aber doch noch etwas in Erfahrung bringen, was mir bei meiner Suche nach dem Mörder hilfreich sein konnte. Eine Spur, meinte ich, könne bei dem Ehepaar zu finden sein, das da, mit Magd und Knecht wohl versehen, am Rhein wohnte. Wie, so wollte ich Maria fragen, war das Verhältnis des guten Werners zu der jungen Frau? Da mußte ich aber vorsichtig sein; denn nach allem, was sie bisher gesagt hatte, mußte ich befürchten, schon mit der Frage ihren Unmut zu erregen.
Ich sagte, sie hätte die junge Frau, die da mit Werner zusammen umgekommen sei, Lena genannt. Was sie von ihr wisse?

Sie sei eine Zauberin aus Bacharach gewesen. Sie hätte die Menschen verzaubern können mit ihrem reizvollen Wesen. Nicht nur schön sei sie gewesen, auch intelligent und belesen und hätte zuhören und zuhörend mitfühlen können, erklärte sie mir. Sie sei stolz darauf gewesen, sie Freundin nennen zu dürfen. Leider hätte sie Lena nur selten sehen können, da ihr Vater sich mit ihrem Mann schon bald überworfen habe. Das sei ein Kaufmann, Eiderhoff heiße er übrigens und stamme aus dem Norden Deutschlands. Ein Kaufmann sei er, wie man sie nicht so gerne sähe. Er mache Geschäfte mit seiner Vertrauen erweckenden Art. Die Geschäfte aber verdienten das Vertrauen nicht, das er zu erwecken verstünde.
Ihr Vater hätte wohl noch vor dem Abschluß eines von Eiderhoff als sehr vorteilhaft dargestellten Geschäftes bemerkt, wie ungünstig dieses Geschäft für ihn werden könnte, und hätte sich zurückgezogen. Es sei wohl ein Hinweis Lenas gewesen, der ihn habe erkennen lassen, daß er dem Eiderhoff nicht so viel Vertrauen entgegenbringen dürfe, wie dieser erwarte.
Bei dem Vater Lenas sei es wohl anders gewesen. Der sei von seinem Schwiegersohn grausam getäuscht worden und habe daraufhin jegliche Beziehung zu diesem abgebrochen.
Auch zu seiner Tochter Lena habe er nach einer Weile jede Beziehung abgebrochen, weil diese ihrem Manne gefolgt sei. Da die jungen Eheleute nicht in Bacharach bleiben konnten, seien sie in den Rheingau gekommen.
Am Anfang der Ehe sei es wohl ganz gut gegangen, da jedem die fremde Art des anderen interessant gewesen sei. Der Reiz des Fremdartigen sei aber bald verflogen, und Lena habe bemerkt, wie kalt ihr Mann alles nur dem eigenen Vorteil untergeordnet habe, auch die Freundschaft, selbst ihre eheliche Beziehung.
Wenn sie auch das Geschäft mit ihrem Vater noch nicht hätte durchschauen können, so habe sie doch bald gelernt, die Gepflogenheiten ihres Mannes richtig einzuordnen, und gesehen, zu spät, wie sie ihrem Vater Unrecht getan hatte.
Sie hatte mit ihrer Familie gebrochen, und neue Freunde fand

sie nicht, weil ihr Mann jede neue Freundschaft sehr bald schon verdarb.
Maria unterbrach sich und sah mich an. Doch ehe ich fragen konnte, fuhr sie fort: „Du willst doch sicher noch mehr wissen. Du willst fragen, wie sie zu Werner stand und hast sicher schon von den Gerüchten über die beiden gehört und weißt nicht, wie du mich danach fragen sollst.
Brauchst du wirklich noch eine Erklärung?
Lena hatte den Werner hier bei uns kennen gelernt. Hier in diesem Zimmer saßen sie. Während mein Vater mit Eiderhoff über Geschäfte sprach, und ich in der Küche war, um einen kleinen Imbiß herzurichten, hatten sie Gelegenheit, miteinander zu reden. Sie erkannten wohl schnell, wie ähnlich sie sich waren, einsam, er ohne Namen, sie mit einem Namen, der ihr fremd geworden war. Muß man sich wundern, daß sie sich zueinander hingezogen fühlten? Mußte man da gleich an Ehebruch denken? Mußten die Heuchler und Schlüssellochpropheten, wie sie Pater Anselm nennt, sich daran gleich ihre Mäuler zerreißen?
Wenn du nun überlegst, ob Eiderhoff etwas mit dem Mord an Werner zu tun hat, so sage ich, zutrauen kann man es ihm schon. Ich glaube es aber trotzdem nicht. Zu seinem Charakter, meine ich, paßt viel besser, daß er die Freundschaft zwischen seiner Frau und dem Werner sah und für sich zu nutzen versuchte. Wie er das machen wollte, weiß ich freilich nicht.
Vielleicht wollte er nur versuchen, Lena noch mehr zu beherrschen und zu unterdrücken, als er es ohnehin schon tat, und dachte, darin eine böse Befriedigung zu finden.
Aus Eifersucht hätte er Werner nicht umgebracht. Wenn er einen Nutzen von dem Mord gehabt hätte, vielleicht!"
Als ich direkt fragte, ob ich ihn aus der Reihe der Verdächtigen ausschließen solle, überlegte sie eine Weile und sagte dann „Nein!"
Hier steht in meinem Tagebuch nun einiges, das mit dem Mordfall nichts zu tun hat und nur mich und Maria angeht.

Als ich mich nach einer Weile verabschieden wollte, kam Herr Leberlein und lud mich ein, einen Wein zu verkosten, für den er einen Preis festsetzen wollte. Er wollte einen Rat haben und fragte uns so nebenbei, worüber wir uns unterhalten hätten. Wir teilten ihm das Wichtigste mit von dem, was wir besprochen hatten.
Er hielt sein Glas gegen das Kerzenlicht und lobte die Farbe seines Weines so, daß mir kaum noch etwas zu sagen und loben übrig blieb, senkte seine Nase andächtig ins Glas, kostete von dem Wein und sagte, als wir nun eine Erläuterung zu den Geschmacksnuancen des Weines erwarteten: „Habt ihr an die Weihnachtsmesse gedacht in der Klosterkirche? Ist euch noch nicht der Gedanke gekommen, daß dieser seltsame Steinschlag vom Gesimse über dem Eingang ein Mordversuch gewesen sein könnte, ein Mordversuch an Pater Anselm?
Wenn Werner ermordet wurde, warum soll dieser ungewöhnliche Unfall nicht ein versuchter Mord gewesen sein, den euer famoser Grandpatte verhindert hat? Der kann offenbar mehr als gut essen und gut trinken und könnte euch vielleicht etwas erzählen, wenn er sprechen könnte."
Maria und ich sahen uns erschrocken an. Daran hatte keiner von uns gedacht. Der Gedanke, der Sturz des Gesimseteils könnte ein Mordversuch gewesen sein, war einleuchtend. Dann aber wäre Pater Anselm gefährdet. Ich mußte mir am nächsten Tag unbedingt Gewißheit verschaffen.
Aber wo war das Motiv für diesen Mordversuch?
Herr Leberlein vermochte die Frage nach dem Motiv nicht zu beantworten.
„Hat er nicht selbst in seiner Weihnachtspredigt ein Motiv genannt?", sagte er geheimnisvoll und meinte, sich wieder seinem Weine zuwendend, er habe uns nun einen ganz wichtigen Hinweis gegeben, und da ich mit Pater Anselm häufiger zusammenträfe als er, solle ich ihn auf diese Gefahr aufmerksam machen. Am besten wäre es, wenn er nur noch in Grandpattes Begleitung aus den Klostermauern herausträte, sofern wir sicher seien, daß der Mörder nicht auch selbst im

Kloster wohne. Mit dieser hilfreichen Bemerkung ließ er uns stehen und eilte in den Keller, um eine andere Flasche zu holen, weil er meinte, versehentlich den falschen Wein gegriffen zu haben.
Ich nutzte die Gelegenheit zu einem ausführlichen Abschied.

In der Nacht auf den 31.1. fand ich nur wenig Schlaf. Ich war zwar müde von meinem reichlichen Tagewerk und den Wegen, die ich gemacht hatte, und schlief auch schnell ein, wurde aber bald wieder wach und erfuhr eine seltsam unwirkliche Klarheit der Gedanken, die trotz meiner Müdigkeit über mich herfielen wie graue, aber hart gegen ihre Umgebung abgegrenzte Insekten mit flimmernden Flügeln. Sie bedrängten mich. Einer sah aus wie der andere, und sie tanzten im Kreise, ohne sich von der Stelle zu bewegen und einem nützlichen Ergebnis zuzustreben. Gedanken auf der unsicheren Grenze zwischen Schlafen und Wachen.
Ich habe das schon manchmal erlebt und war am Morgen immer ganz schlapp. Erst die Sonne konnte meinen Mut wieder beleben.
Gute Einfälle oder Lösungen für die besonderen Schwierigkeiten bringen solche gedankengeplagten Nächte nicht. Ich denke an eine unverschlossene Tür, die von einem unbarmherzigen Wind in der Angel gedreht wird, hin und her und her und hin und sich nie richtig öffnet und nie den Blick freigibt auf...ja, auf was...
Pater Anselm ist gefährdet. Warum haben wir das nicht sogleich erkannt? Das kann uns niemand vorwerfen, denn wer denkt schon an einen Mord hier in Johannisberg, wo seit Menschengedenken kein Mord verübt wurde. Das hilft uns aber nicht. Woran hätten wir das erkennen können? Pater Anselm ist in Gefahr. Pater Anselm ist unmittelbar in Gefahr. Hätte ich in der Nacht noch zu ihm gehen sollen? Im Kloster ist er sicher...her und hin,...ist er dort wirklich sicher?

Auch diese Nacht brachte mir keine Erkenntnis.

Früh in der Morgendämmerung des 31. war ich schon unterwegs zu Oskar. Er schlief noch, rappelte sich aber schnell auf, als ich ihm erklärte, was ich von ihm wolle. Wir gingen stumm auf den Weinbergswegen hinauf zum Kloster. Oskar war noch verschlafen. Ich versuchte, meine Gedanken ersprießlicher einzusetzen, als es mir in der Nacht gelungen war.

Wie war es überhaupt möglich, mit einiger Aussicht auf Erfolg nach dem Kirchgang einen Mord an Pater Anselm zu versuchen? Wenn schon ein Gesteinsbrocken des Gesimses die Waffe sein sollte, woher wollte der Mörder wissen, welchen Weg der Pater nehmen werde, wenn er in die Kirche zurückgerufen würde?

Seit vielen Jahren hatten sich die Kirchgänger daran gewöhnt, nach dem Besuch des Gottesdienstes noch kurz zusammenzustehen. Sie standen im Winter immer an der Mauer, die sich vom Eingang der Kirche nach der Allee hinzieht, wohl annehmend, daß sie dort dem Winde weniger ausgesetzt seien. Wenn also der Pater nach dem Ablegen der kirchlichen Gewänder als letzter aus dem Portal trat, hatte er nur einen schmalen Pfad zwischen dem alten Friedhof und den Leuten, die an der Mauer standen, um grüßend und Glück wünschend an allen vorbeigehen zu können. Wenn er nun von der Kirche her gerufen wurde, würde er wohl auf kürzestem Wege zur Kirche zurückstreben. Er würde also von einer durch den Rufenden leicht bestimmbaren Stelle auf einer geraden Linie unter dem Gesimse am Eingang hingehen. Diese Linie war leicht abzuschätzen. Über dieser Linie brauchte der gedachte Mörder nur das Gesimse zu lockern, allerdings nur so weit, daß es noch festsaß und erst durch einen Ruck an einer Schnur, die mit einem kleinen hölzernen Hebel verbunden war, zum Hinabstürzen bewegt wurde. Die Schnur könnte er dann schnell in seine Hosentasche stecken. Das Stückchen Holz, wenn es sich von der Schnur lösen sollte, würde keiner mit dem Steinbrocken in Verbindung bringen.

Der Mörder, wenn er alles gut vorbereitet und die Schnur in einer Mauerlücke verborgen hätte, brauchte in der unter

einem Wolkenhimmel von Kerzenschimmer aus den Kirchenfenstern schwach erhellten Nacht nur im Eingang zu stehen, die Schnur in die Hand zu nehmen und mit verstellter Stimme leise nach dem Pater zu rufen. Ein kurzer Ruck an der Schnur, und er wäre als erster Helfer, fast selbst getroffen, zur Stelle. Ein Verdacht, wenn denn einer geäußert würde, könnte ihn am wenigsten treffen.
Wir holten eine Leiter aus dem Schuppen. Ich stieg zum Gesimse hinauf, während Oskar die Leiter hielt. An der Bruchstelle waren Meißelspuren deutlich zu erkennen.
Wir mußten also sofort zu Pater Anselm.
Ich stieg hinab.
Wir nahmen die Leiter.
In der Zwischenzeit hatte sich Grandpatte zu uns gesellt und war zu einem unweit stehenden Grabstein gelaufen. Ein Grabstein aus Sandstein aus dem Jahre 1534. Er machte sich am Sockel zu schaffen und brachte uns nach einer kleinen Weile, in der wir ihn wie gebannt beobachteten, einen erdverkrusteten Meißel, in den ein Monogramm eingeritzt war. Oskar säuberte das Monogramm mit seinem Taschentuch. „K.K." sagte er, das ist Konrad Kramhold, der Vater von Henne Kramhold. Ich stieg noch einmal zum Gesimse empor und besah mir die Bruchstelle und hielt den gefundenen Meißel an die Meißelspuren.
„Das könnte der Meißel gewesen sein, der hier benutzt worden ist!"
Oskar meinte, das Mordgerät hätte man leicht zwar ein wenig komplizierter, dafür aber sicherer tödlich bereiten können, und entwickelte mir auf dem Wege zu Pater Anselm in Windeseile eine ganze Gesimsemordmaschine. Er hätte das als Mörder viel besser gemacht.

Am Anfang war das Chaos; denn was wäre die Ordnung, wenn es nicht das Chaos gäbe, das es zu ordnen gilt? Was wäre die Form, wenn es nicht die Substanz gäbe, die zu formen ist?

Aus dem Chaos wächst die Erkenntnis. Wenn nur Ordnung herrscht, kann nichts Neues entstehen, dann können nicht Dinge und Gedanken zusammenkommen, die der jeweils waltenden Ordnung nach nicht zusammen gehören. Nur wenn Nicht-Zusammengehörendes zusammenkommt, entsteht Neues.
An das Chaos denke ich immer, wenn ich mich vorsichtig Pater Anselms Schreibtisch nähere. Diesmal war mir der Gedanke an die Fruchtbarkeit des Chaos trostreich. Auch in meinem Kopf herrschte das Chaos. Alles, was ich bisher über Mord und Mordversuch erfahren hatte, lag dort wirr durcheinander, und ich konnte nur hoffen, daß sich die passenden Gedanken zueinander fänden.
Immer wenn ich Pater Anselms Schreibtisch sehe, wird meine Hochachtung vor ihm noch ein wenig höher. Ich denke dann, daß man sehr findig sein müsse, um dort überhaupt noch etwas zu finden.

Als wir an diesem Morgen sein langes, schmales, wegen der bunten Fenster meist etwas düster wirkendes Schreibzimmer betraten, legte sich Grandpatte sogleich auf seinen Lieblingsplatz quer vor den Schreibtisch wie der Löwe des Hieronymus bei Dürer. Wir aber erschraken vor dem ungewöhnlichen Anblick, der sich uns bot: Pater Anselm war im Aufräumen begriffen, als wolle er das Kloster verlassen und wolle seinem Nachfolger seinen Platz in beruhigender Ordnung übergeben. Ein grausamer Gedanke war das, der sich da so unmittelbar an unsere Erkenntnis über einen Mordversuch fügte.
Pater Anselm hatte einen breiten, flachen Kasten auf eine Bank neben den Schreibtisch gestellt. Den Kasten hatte er mit dünnen Brettchen in ganz viele Gefächer unterteilt. Jedes Gefach trug auf einer seitlich angehefteten Pappscheibe einen Namen. Pater Anselm war damit beschäftigt, mehrere Stapel von Papieren in diese Gefächer einzuordnen. Briefe waren es und Rechnungen.

„Das ist das Ende meiner Hoffnung", sagte er. „Alle kleinen Hoffnungsschimmer werden säuberlich eingesargt. Sie vermögen nichts mehr zu erleuchten. Ich hätte das schon vor Tagen tun sollen, aber ich habe mir eingeredet, ich hätte keine Zeit dazu. Das ist immer so. Wenn man etwas tun sollte, das aus irgendeinem Grunde unangenehm ist, findet man plötzlich sehr vieles andere zu tun und läßt die peinliche Arbeit liegen. Es wäre viel besser, sofort zu klären, warum man etwas nicht tun will, und dann erst recht tapfer daran zu gehen. Ich glaube, das Endgültige ist es, das mich davon abhielt. Mit dem letzten Papier in dieser Kiste wird das Grab endgültig geschlossen. Ich selbst bin es, der das Grab schließt!"
Wir versuchten, seine uns unverständliche Rede zu unterbrechen. Wir wollten ihm von unserer Entdeckung berichten, die doch für ihn so wichtig war. Er hörte auch kurz zu. Es schien ihn aber nicht so sehr zu interessieren.
Er fürchte sich nicht, sagte er. Er glaube auch nicht, daß ihm etwas geschehen könne. Selbst wenn es auf ihn einen Mordversuch gegeben habe, müsse sich das ja schließlich nicht wiederholen. Der Mordversuch sei doch nur ein Versuch geblieben, also ein Fehlschlag gewesen, von dem müsse sich unser Mörder doch erst einmal erholen, meinte er mit dem Anflug eines Lächelns in den Augen.
„Nicht alles, was wir froh beginnen, mit den besten Absichten, führt zu einem guten Ende", sagte er dann.
„Ich fürchte, ich habe in der besten Absicht einen schrecklichen Fehler gemacht. Wenn nur alles so einfach wäre wie beim Schachspiel, in dem man doch mit einiger Intelligenz und Konzentration viele Züge vorausberechnen kann und erkennen kann, wohin ein Zug führen wird, den man unternehmen will. Die Züge sind doch wenigstens auf das Schachbrett und seine Felder begrenzt. Im Leben gibt es keine Begrenzung. Da gibt es sogar den Mord und diesen in vielen Formen. Vielleicht hätte ich das doch vorhersehen können. Wenn ich nur in meinem wohlgemeinten Eifer nicht so blind gewesen wäre!"

Es war nichts mit ihm anzufangen. Während er zu uns sprach, blieb er mit den Papieren beschäftigt. Was er sagte, war für uns in Rätseln gesprochen, und er fand sich auch nicht bereit, diese Rätsel für uns zu lösen. Seine Rede wurde vielmehr immer rätselhafter. Er sprach offenbar mehr zu sich selbst als zu uns, und so nahmen wir Abschied und ließen ihn bei seinen Papieren allein mit Grandpatte, der es vorzog, sich an würdiger Stelle auszuruhen. Mir war das lieb, da ich den Pater auf diese Weise unter gutem Schutze wußte.
Vor dem Klostertor blieben wir stehen zu einer kurzen Beratung. Oskar meinte, für heute könnten wir den Pater unter der Obhut des Hundes belassen, da er, wie ihm bekannt sei, heute außerhalb des Klosters nichts mehr vorhabe, und hinter den Klostermauern die Gefahr für ihn doch vergleichsweise gering sei. Was aber sollte morgen und in den nächsten Tagen geschehen?
„Wir haben zwei wichtige Aufgaben“, sagte ich.
„Wir müssen den Mordfall Werner aufklären, schon weil wir damit rechnen können, daß wir mit dem Mörder Werners auch den finden, der den Mordanschlag auf Pater Anselm verübt hat. Ich halte das für ganz sicher. Es ist jetzt notwendig geworden, den Mörder schnell zu finden; denn Pater Anselm ist in Gefahr, solange wir da im Dunkeln tappen.
Unsere zweite Aufgabe ist es, den Pater zu schützen.“
„Wunderbar“, sagte Oskar, „zwei Aufgaben, zwei Männer! Ich übernehme die Wache über Pater Anselm. Mir ist es lieber, wenn du dich um die Aufklärung des Mordes kümmerst. Das kannst du wohl besser als ich. Der Mord ist ein Rätsel, und mit Rätseln habe ich nicht so gerne zu tun. Ich habe noch nie gerne ein Rätsel gelöst. Ich habe immer gedacht, da ist doch einer, der sich das Rätsel ausgedacht hat. Den kann man doch fragen. Wozu dann der ganze Gedankenaufwand? Der ist doch überflüssig. - Das hat nun aber zur Folge, daß ich im Rätsellösen gar keine Übung habe.“
Als ich nicht gleich zustimmte, fügte er hinzu: Abgesehen von seiner Abneigung, Rätsel zu lösen, sei er doch auch auf dem

Klostergut beschäftigt und häufig bei der Arbeit im Weinberg oder im Keller mit Pater Anselm zusammen, während ich immer von meinem Institut in Geisenheim nach Johannisberg herauf wandern müsse. Die Zeit, die ich da auf dem Wege verbrächte, könne ich besser zur Lösung des Rätsels einsetzen.
Das schien mir eine vernünftige Teilung der Aufgaben.
Wir beschlossen, uns gegenseitig jeweils die neueste Entwicklung mitzuteilen und an jedem dritten Tage zu einer Beratung zusammen zu kommen.
Dann trennten wir uns. Oskar ging in die Weinberge. Ich ging hinunter zu meinem Institut. Den Meißel hatte ich zu mir genommen.

Am nächsten Tage schon, am 1. 2., machte ich mich früh auf den Weg, um Kramhold aufzusuchen eingedenk des Rates Pater Anselms, man solle unangenehme Dinge nicht verschieben.
Einmal war es mir unangenehm, Kramhold zu Hause aufzusuchen, da ich immer eine gewisse Scheu habe, Leute zum ersten Mal in ihrem Hause aufzusuchen, besonders wenn ich sie gut kenne und an neutralen Orten schon häufig getroffen habe, wenn sie mich vielleicht auch schon im Institut besucht haben. Ich habe dann das Gefühl, ich hätte sie schon längst einmal besuchen müssen, einfach aus Interesse für sie selbst und ihre Behausung, statt plötzlich mit einem bestimmten Anliegen zu ihnen zu kommen.
Den Kramhold kenne ich ja fast schon immer, aber ich hatte bisher noch nie das Bedürfnis verspürt, in sein Haus zu treten, und nun kam ich mit einem so merkwürdigen Anliegen. Ich konnte mir doch leicht ausrechnen, daß er erstaunt sein werde, mich plötzlich bei sich begrüßen zu müssen. Wahrscheinlich ist dies erwartete Erstaunen der Grund für die Scheu, das Haus eines Bekannten zum ersten Mal zu betreten, das man oft schon zu betreten Gelegenheit hätte finden müssen.

Der andere Grund meiner Scheu war natürlich mein Anliegen, das er sicher nicht wohlwollend aufnehmen würde. Wenn ich etwas erfahren wollte, durfte ich mich nicht damit begnügen, den Meißel zurückzubringen und vielleicht zu fragen, ob er zu seinen Werkzeugen gehöre. Ich mußte auch noch andere Fragen stellen.

Was für einen Polizisten selbstverständlich gewesen wäre, war für mich sehr ungewöhnlich und mußte Mißtrauen und Unwillen erregen, denn wenn ich ihm sagte, wo wir den Meißel gefunden hatten, konnte er sich leicht ausrechnen, daß wir ihn mit dem geheimnisvollen Unfall Pater Anselms in Verbindung brächten. Dabei könnte ich eine Abwehr meiner Fragen nicht einmal als so etwas wie ein Schuldeingeständnis werten; schließlich war es sein gutes Recht, ungehalten zu sein, wenn ich ihn eines Mordes für fähig hielt. Weit eher könnte ich wahrscheinlich eine freundliche Reaktion auf meine Fragen als verdächtig ansehen. Aber bei unserer langen Bekanntschaft könnte auch Freundlichkeit meinem peinlichen Ansinnen gegenüber nicht ganz ungewöhnlich genannt werden.

Der Hof der Kramholds war nicht weit von meinem Institut entfernt mitten in Geisenheim. Es war einer der kleineren Winzerhöfe, in sauber gefügtem Fachwerk errichtet, das Wohnhaus und die Wirtschaftsgebäude wie bei den großen Höfen um einen freien Platz herum so aufgestellt, daß nach der Straße hin eine Lücke blieb, die zur Einfahrt genutzt werden konnte. Was bei Leberlein großzügig und raumgreifend gebaut war, war hier enger und kleiner geraten und der Zwang, Wagen und Gerät raumsparend unterzubringen, war überall zu spüren.

„Wie komme ich zu der Ehre, den großen Traubenkundigen auf meinem bescheidenen Hofe zu sehen?“, hörte ich eine zweifelhafte Begrüßung aus dem offenen Tor des Kelterhauses und sah dann auch Henne Kramhold hinter einer alten Kelter auftauchen, an der er gearbeitet hatte.

„Hier sind nur wenig dienstbare Geister. Da muß der Herr selbst anfassen und auch einmal eine alte Kelter reparieren, die schon lange gedient hat und nun schwach zu werden beginnt. Aber das wird dich nicht interessieren." Er ging vor mir her zum Wohnhaus, wohl ungeduldig, bald zu erfahren, was es so Bedeutungsvolles gäbe, daß ich während der besten Zeit des Tages zu ihm käme. Er nahm sicher an, es werde so wichtig sein, daß ich es ihm nicht auf dem offenen Hofe anvertrauen werde. Das machte mich noch mehr befangen, als ich schon bei meiner Ankunft gewesen war.

So hielt ich ihm, in der Wohnstube angekommen, wortlos den Meißel hin. Er runzelte die Stirn, nahm ihn aus meiner Hand, prüfte ihn sorgfältig, drehte ihn gegen das Licht, prüfte das Monogramm mit dem Daumennagel und sagte dann bedächtig: „Das ist einer von unseren Meißeln. Ich habe zwar noch nicht bemerkt, daß einer fehlt, aber ich bin mir sicher, daß ich ihn richtig erkenne. Ich brauche nicht nachzusehen, ob er fehlt. Hier die abgesplitterte Ecke und das Monogramm... Wo hast du ihn gefunden?"

Ich erklärte ihm, daß ihn Grandpatte an dem alten Sandsteingrabmal in der Nähe der Klosterbasilika gefunden hätte. Ob er mir wohl sagen könne, wie er dahin gekommen sei?

Da solle ich ihm doch zuerst einmal erklären, was mich seine Meißel angingen. Er wisse wohl, daß ein Gerücht in der Stadt zu hören sei, der Werner sei ermordet worden. Er könne sich auch denken, daß mancher wegen des Streites, den er mit Werner gehabt habe, ihn mit Mißtrauen ansehe, wenn auch keiner offen zu ihm sage, was er denke. Aber der Werner sei schließlich mit einer Kugel ermordet worden, wenn er überhaupt ermordet worden sei. Er sei ganz sicher nicht mit einem Meißel ermordet worden.

Ich dachte, daß ich das Gespräch ganz falsch eröffnet hätte, indem ich es eröffnete, ohne etwas zu sagen. Er mußte ja in meiner Geste, da ich ihm stumm den Meißel hinhielt, einen Vorwurf spüren. Ich wußte nicht, wie ich den Fehler wieder gutmachen könne.

Ein Meißel sei nun einmal keine Kugel, wenn es auch einem Traubenkundigen wohl so scheinen möge, da er mit Meißeln wenig Umgang pflege, brummte er. Da fragte ich in meiner Verzweiflung, und weil ich das ohnehin hatte fragen wollen, nur geschickter und eingesponnen in eine freundliche Unterhaltung: „Hast du eigentlich etwas gegen den Pater Anselm?"
„Den schriftkundigen Kellermeister?", rief er da und ließ nun seinem Unmut freien Lauf. Der sei mit Recht mein Freund, der stecke auch seine dicke Nase, und die sei doch wirklich sehr dick, dicker als man sie bei einem feinen Herrn und frommen Pater erwarten dürfe, diese unförmige Nase stecke er in alles, was ihn nichts angehe. Wir sollten uns nicht wundern, wenn uns einer mal auf unsere vorwitzigen Körperteile schlüge, den Anselm auf seine Nase und mich auf die Finger, mit denen ich fremdes Gut auflese, um honorige Winzer in einen unsinnigen Verdacht zu bringen. „Der Pater sammelt zu diesem Zweck Papiere und Briefe. Es glaubt doch keiner mehr, daß er die Briefe braucht, um eine Chronik zu schreiben. Was will er überhaupt eine Chronik schreiben, wenn der Scheerer doch schon damit beschäftigt ist!" So etwa endete er seine Tirade.
Ich merkte, daß mit ihm nicht vernünftig zu reden sei und versuchte mich zu verabschieden, mußte mir aber, ehe ich draußen war, noch anhören, daß der Pater und ich ganz wunderbar zusammenpaßten und daß man keine Mordfälle aufklären könne, indem man Papiere und Meißel sammele.
Das war nun ein völliger Fehlschlag. Wenn ich es mir recht überlegte, befand sich Henne Kramhold in einer ungünstigen Lage. Er spürte, daß ihm die Freunde und Bekannten wegen seines Streites mit Werner mit Mißtrauen begegneten und litt darunter. Seine Nerven waren gespannt, und dann kam plötzlich ich mit einem Meißel und ernstem Blick. Da wußte er gar nicht mehr, was er denken sollte, und machte einfach seinem Ärger Luft. Mir fiel nur auf, daß wir über den Versuch, Pater Anselm zu ermorden, nicht gesprochen hatten, obwohl auch Kramhold sicher daran gedacht hatte.

Donnerstag, der 3. 2. 1793.
Heute habe ich Maria in Geisenheim ganz zufällig getroffen. Sie hatte nicht viel Zeit, da sie Einkäufe für das Mittagessen machte und bald zurück sein mußte, um das Essen rechtzeitig auf den Tisch zu bringen. Sie hörte sich trotzdem meinen Bericht über meinen Besuch bei Henne Kramhold geduldig an.
„Jetzt weiß ich nicht, wo ich mit meinen Nachforschungen beginnen soll“, sagte ich dann.
„Die Frage kann ich dir einfach beantworten“, lachte sie da. „Am besten ist es immer, ganz am Anfang zu beginnen.“
„Das ist wahrlich ein guter Rat“, brummte ich ärgerlich.
„Nun brumm' nicht, mein lieber Bär. Ich sage das nicht, um dich zu ärgern, ich meine das im Ernst. Wenn der Werner ermordet wurde, liegt der Anfang der Geschichte in seiner Geburt. Die ist doch geheimnisvoll genug. Vielleicht findest du dort schon eine Spur, die dich zu einer Lösung des schlimmen Rätsels führt.“
„Das liegt weit zurück und ist, so scheint es mir, weit hergeholt“, erwiderte ich da und zeigte wenig Lust, so weit zurückzugehen, um nach der Spur des Mörders zu suchen. Da könnte ich vielleicht Jahre lang suchen, wenn ich Werners ganzes Leben von seiner Geburt an aufrollen wollte, um das Motiv für eine Tat zu finden, die erst vor ein paar Wochen vollendet worden sei.
Ich trug ihr den Einkaufskorb noch vor das Hoftor und ging dann zurück ins Institut.
„Es ist zwar unwahrscheinlich, daß mich Marias Rat viel weiterbringen wird, aber da ich nichts Besseres weiß, kann ich ihn schließlich auch befolgen“, dachte ich auf dem Weg und beschloß, am nächsten Morgen zu den Nonnen ins Kloster Eibingen zu gehen.

Am 4. 2. war ich schon früh in den Weinbergen auf dem Weg nach Eibingen. Diesmal dachte ich mit meiner Befragung geschickter vorzugehen, und überlegte, wie es mir möglich sein könne, mich durch eine einfühlsame Einführung der Äbtissin, die ich befragen mußte, angenehm zu machen. Ich wußte, sie war eine freundliche Frau und hatte den Lebenslauf Werners mit Wohlwollen verfolgt, wenn sie auch zu der Zeit, da er als hilfloser Säugling im Kloster aufgenommen worden war, noch nicht im Kloster Eibingen weilte. Gerade das Wohlwollen aber konnte mir gefährlich werden, da ich bei meinen Fragen alles vermeiden mußte, was einen Schatten auf den in ihren Augen ganz untadeligen Werner hätte werfen können.

Sie hatte den Ruf, darauf stolz zu sein, daß sie über alle wichtigen Dinge Bescheid wisse, die sich außerhalb der Klostermauern begaben.

„Wir sind zwar der Welt entrückt, aber nicht fremd, und mögen über die Angelegenheiten der Welt aus unserer nahen Ferne leidenschaftsloser urteilen als alle, die mitten im Getriebe stehen!“, pflegte sie zu sagen, und sie war stolz darauf, nicht nur die heiligen Schriften zu studieren, sondern auch die Schriften des Geheimen Legationsrates von Goethe zu kennen, ohne freilich alles gut heißen zu können, was er geschrieben hatte.

Im Eibingen traf ich eine der Nonnen, die mich auf meine Frage nach der hohen Frau in den Kräutergarten wies. Dort war sie mit ihren Kräutern beschäftigt, die sie nach dem Beispiel der heiligen Hildegard zog, um daraus Heilmittel für die vielen Kranken zu bereiten, die zu dem Kloster kamen.

Sie war nicht unglücklich über die Störung, lehnte die leichte Hacke an die Gartenmauer und bat mich in die geräumige Klosterküche, wo sie mich empfangen und mir eine Erfrischung anbieten könne, ohne ihre Kleidung wechseln zu müssen. Sie wollte mit ihren erdigen Schuhen die Räume des Klosters nicht betreten.

Ich brachte das Gespräch zunächst auf die schlimmen Zeiten, die uns die Franzosen nach Mainz gebracht hatten und im Gegenzug die Preußen und Österreicher in den Rheingau. Sie zeigte ihre Besorgnis und betonte, wie schrecklich es sei, daß

sich das französische Volk an seinem Könige vergriffen und ihn ermordet habe. Erst vor wenigen Tagen habe sie die Nachricht erhalten, daß er am 21.1. habe sterben müssen. Auch die Kirche werde in Frankreich angefeindet, und viele Priester seien bereits zu Märtyrern ihres Glaubens geworden. Dabei werde nun die menschliche Vernunft in den Rang einer Gottheit erhoben. Die menschliche Vernunft, meinte sie bitter, als ob diese bisher viel Gutes bewirkt habe oder auch nur vermocht habe, den gröbsten Irrtümern aus dem Wege zu gehen. Wenn man die Geschichte der Menschheit als eine lange Treppe betrachte, könne man auf der nächst höheren Stufe immer leicht erkennen, wo sich die menschliche Vernunft auf den früheren Stufen verhaspelt habe. Aber eigentlich sei das Bild der Treppe falsch, da es ja einen Aufstieg impliziere. Der aber finde nicht statt. Es sei vielmehr so, daß nach einer Weile die alten Fehler immer wiederholt würden. So sprach sie über den Lauf der Welt und gab mir endlich das Stichwort, indem sie beklagte, daß man nun sogar in unserem gesegneten Rheingau seines Lebens nicht mehr sicher sei, da ein junger Mann, der ihnen allen nahe gestanden habe, ermordet worden sei. Ob der Mörder gefunden sei und ob man sich überhaupt bemühe, den Mörder zu entdecken?
Ich sagte, ich sei Werners Freund gewesen und hätte es mir zur Aufgabe gemacht, den Mörder zu entlarven und dafür zu sorgen, daß er seine Strafe erhalte. Da der Mörder seine Spuren schlau verborgen habe, sei es nun notwendig geworden, alle, auch die entferntesten Möglichkeiten zu prüfen und dabei sogar die Umstände der Geburt des guten Werner in Betracht zu ziehen.
Aber dazu könne sie mir gar nichts sagen. Über die Geburt, ich meine doch sicher die Herkunft des Kindes, hätten sie nichts in Erfahrung bringen können. Ob denn nicht ein Brief in dem Korb gelegen habe, der einige Auskünfte enthalten habe? Im Dorf spräche man von einem solchen Brief.
Ja, sagte sie da und schaute mich erstaunt an, ob ich denn nicht wisse, daß das Kind im Korb vor der Klosterpforte in

Johannisberg gelegen habe? Ein Klosterbruder habe es zu ihnen gebracht. Da sei von einem Brief nicht die Rede gewesen, und im Korb sei ein solcher Brief von den Schwestern auch nicht gefunden worden. Die Mönche hätten das Kind zu ihnen geschickt, da sie angenommen hätten, bei ihnen könne ein Säugling besser gepflegt werden. Sie hätten sich aber, besonders der Pater Anselm sei da zu loben, später auch um den Jungen gekümmert.
Johannisberg?
Davon hatte Pater Anselm nie etwas erwähnt. Seltsam!
Die Äbtissin ließ, wie um mich zu trösten, die Nonne holen, die sich besonders um den kleinen Werner gekümmert hatte. Diese, eine ältere, gütige Frau, erzählte mir, wieviel das Kind gewogen habe, wie es bei guter Kost bald zugenommen habe, was der Kleine besonders gerne gegessen, wie sie ihm Kleidung besorgt, und wie niedlich er darin ausgesehen habe, wie brav er gewesen sei, und nur solche Streiche habe er gemacht, die ergötzlich gewesen seien. Allerdings hätten nicht alle ihre Mitschwestern die Streiche ergötzlich gefunden.
Ob das Körbchen etwas Besonderes gehabt habe?
Da sah sie mich nachdenklich an und meinte, es sei wohl, reich verziert und geräumig, das Nähkörbchen einer vornehmen Dame gewesen und erzählte mir dann, wo sie schon mit Nähkörbchen in Berührung gekommen sei und welche Unterschiede es zwischen Nähkörbchen gäbe...
Ich verabschiedete mich bald.

III

Als ich wieder zu mir kam, fand ich mich vor dem kleineren der Flaschenregale in meinem Institut auf einem Hocker sitzend und wußte nicht, was ich da eigentlich gewollt hatte. Ein anderer, nicht so von des Gedankens Blässe angekränkelt wie ich, wäre sicher geradewegs von dem Kloster in Eibingen nach Johannisberg geeilt und hätte dort den Pater Anselm zur Rede gestellt.

Zur Rede gestellt?

Ich erschrecke ja schon vor meiner eigenen Ausdrucksweise, und wenn ich sie nur in meinen Gedanken trage. Warum denke ich: „Zur Rede gestellt“? Man stellt einen Übeltäter, damit er stehen muß, damit er Rede stehen muß. Er muß zu seiner Rede stehen.

Aber Pater Anselm ist kein Übeltäter, einmal, weil ich mir einfach nicht vorstellen kann, daß er jemals etwas Übles tun könnte oder getan haben könnte, und dann auch schon deshalb, weil er doch selbst beinahe das Opfer eines Mordanschlages geworden wäre. Der Mörder wird wohl kaum das Opfer seines eigenen Mordanschlages. Dann müßte er sich den Anschlag schon sehr töricht ausgedacht haben, und töricht ist der Pater ganz gewiß nicht. Warum aber hat er uns diese wichtige Einzelheit über die Herkunft Werners verschwiegen, wenn er mit seinem Tode nichts zu tun hat? Vielleicht, weil er nicht daran dachte, daß diese frühe Reise des Körbchens durch die Weinberge von einem Kloster zum anderen wichtig sein könnte, weil er sie für belanglos hielt. Aber warum sollte er etwas Belangloses verschweigen? Nur wichtige Geschehnisse sind es wert, daß man sie verschweigt. Unwichtige Ereignisse vergißt man.

Hat er das überhaupt „verschwiegen“?

Vergessen ist das richtige Wort. Da hatte ich mich doch durch die Wortwahl selbst in eine Gedankenfalle gelockt. Verschweigen heißt, etwas ganz bewußt nicht sagen. Man denkt über etwas nach, und dann beschließt man, es zu verschweigen. Dafür gibt es immer einen Grund. Diesen Grund muß man ganz bewußt wahrnehmen und beurteilen. Vergessen ist das richtige Wort. Das Vergessen widerfährt uns einfach so, ohne daß wir etwas dazu tun. Besonders die unwichtigen Dinge vergißt man leicht. So wird es Pater Anselm ergangen sein. Nur, wenn ich so darüber nachdenke, will mir scheinen, als ob man auch gerade viele unwichtige Dinge nicht vergäße, Dinge, auf die man im Kopf leicht verzichten könnte, wenn dieser ohnehin schon mit so vielen Gedanken gefüllt ist, daß sie sich gegenseitig im Wege sind. Ich kann mich gut erinnern, daß Maria an einem sonnigen Nachmittag vor etwa einem halben Jahr über dem rechten Ohr ein ganz ungebärdiges Löckchen hatte, das widerspenstig wie ein Dackel immer wieder in eine Stellung rutschte, die seiner Herrin gar nicht genehm war. Das ist kein gutes Beispiel. Ich halte das Löckchen ja für sehr wichtig. Ich kann mich zum Beispiel daran erinnern, daß ich im vorigen Jahr etwa um dieselbe Zeit einen Fischreiher unter den tiefstehenden Wolken her zu einer Waldwiese fliegen sah, gerade als ich sagte, durch die Wasserschäden im Weinberg seien auch Grenzsteine verrutscht, die wir jetzt neu setzen müßten. Die Grenzsteine sind ja nicht unwichtig, aber das Zusammentreffen ist unwichtig. Also vergißt man auch unwichtige Dinge nicht. Vielleicht aber nur dann nicht, wenn sie mit wichtigen Dingen zusammen auftreten. Das müßte untersucht werden. Vergessen ist jedenfalls auch nicht das richtige Wort.

Pater Anselm hat den Korb vor dem Klostertor in Johannisberg unerwähnt gelassen. Unerwähnt gelassen ist der rechte Ausdruck, da weiß man noch nicht, ist es bewußt geschehen oder unbewußt.

So drehten sich meine Gedanken fast schon wieder so im Kreise wie in der Nacht, als ich an den Mordversuch dachte.

Ich ging den anmutigen Weg von Eibingen hinab, ohne mein Gemüt auch nur im geringsten zu erfrischen an dem Anblick des Rheins, Rüdesheims und des gegenüberliegenden Bingen und an den Rheinauen, die so vielfältig das Bild des mächtigen Stromes auflockern. Wie angenehm ist es, aus einer erhöhten Ferne einen größeren Ort zu betrachten und des Getriebes in seinen Gassen, der Geschäftigkeit seiner Bürger und des goldenen Erfolges ihrer Gewerbe zu gedenken, ohne den daraus sich erhebenden Lärm zu hören oder alle dort wehenden Düfte zu riechen. Nichts von allem sah ich; denn meine Gedanken versperrten mir die Sicht.

Vielleicht hatte Pater Anselm ja einen guten Grund gehabt, diesen Umstand unerwähnt zu lassen. Das werde ich ergründen müssen. So werde ich wohl als nächsten Pater Anselm befragen müssen. Wenn ich auch nicht glaube, daß mich das viel weiter führen wird. Eigentlich ist Maria schuld an meiner Misere. Hätte sie mich nicht nach Eibingen geschickt, dann hätte ich von der ganzen Körbchenreise nichts weiter erfahren. Es wird mir schon recht geschehen, wenn sich diese Geschichte als hohle Nuß erweist.

In solchen Gedanken war ich von Eibingen bis in mein Institut gelangt, ohne meine Umgebung wahrzunehmen und gleichsam mechanisch ausschreitend wie einer der ausgeklügelten Automaten des Pariser Mechanikers Vaucanson, der damit schon viel Geld verdient hat, indem er sie auf Jahrmärkten vorführt. Vielleicht wird man mich auch auf Jahrmärkten vorführen können, wenn ich mit dieser Geschichte fertig bin.

Erst auf meinem Hocker bin ich aufgewacht.

Am Nachmittag kam Maria.

Es war das erste Mal, daß sie im Auftrag ihres Vaters zu mir kam. Obwohl er weiß, daß wir uns lieben, und mit der Zeit, langsam und immer im Einklang mit dem Erfolg meines Institutes, seine Abneigung gegen eine Verbindung seiner Tochter mit mir fast in so etwas wie den ersten Keim einer Neigung zu mir gewandelt hat, fördert er unser Zusammensein nicht. Ich verstehe ihn ja. Seine Tochter ersetzt ihm seit dem Tode ihrer Mutter die Hausfrau, und er fürchtet, sie mit mir teilen zu

müssen, und dabei, wie es nur natürlich wäre, sich mit dem kleineren Teil bescheiden zu müssen.
Sie kam, um mich zu ihrem Vater zu rufen, weil er meinen Rat brauche. Soweit sie unterrichtet sei, bedürfe er meines Rates bei einer Verhandlung mit einem französischen Emigranten, den er wohl schon vor einiger Zeit kennen gelernt habe, der aber nun mit einem bestimmten Anliegen zu ihnen gekommen sei. Sie meinte, daß ich umso lieber komme, als sie von der Küche aus habe hören können, daß auch ein Geschäft mit dem unglücklichen Eiderhoff in diesem Anliegen eine Rolle spiele.
Da ich sie endlich wieder einmal in meiner Behausung hatte, hätte ich diese günstige Gelegenheit gerne noch eine Weile genutzt. Leider war mir das nicht vergönnt. Wir mußten uns sputen, wenn wir den Emigranten noch bei Leberlein antreffen wollten.
„Das sind peinliche Geschäfte", sagte Herr Leberlein, kaum daß ich Zeit gefunden hatte, den Emigranten, einen melancholisch dreinschauenden Franzosen, zu begrüßen. Er saß mir gegenüber. Seine schmale Aristokratennase über blutlosen, etwas säuerlich zusammengezogenen Lippen prägte sich mir sofort ein. Die dunklen Augen blieben fern, wie eine Illusion. Sie waren wie unabhängig von den Gesichtszügen, nicht faßbar.
„Peinliche Geschäfte des Herren Eiderhoff", hörte ich Herrn Leberlein sagen. In einem längeren Gespräch, dem der Emigrant aufmerksam folgte, erfuhr ich, daß Eiderhoff einigen Emigranten offenbar Geld geliehen hatte gegen Sicherheiten, silberne Bestecke, Schmuck, Uhren und was sonst alles so in der Hast einer Flucht vor der Guillotine zusammengerafft werden konnte, daß er nun aber darauf bestehe, sein Geld zurückzubekommen, und im Falle einer Weigerung oder Unfähigkeit zu zahlen, alle diese Gegenstände als sein Eigentum betrachten und weiter veräußern wolle, die er als Pfand in Gewahrsam genommen habe. Dabei setze er den Wert der beliehenen Gegenstände jetzt regel-

mäßig zu hoch an. Er nutze so den Umstand, daß die Emigranten in Anbetracht der bis zur Mühle von Valmy im Jahre 1792 glücklich verlaufenen militärischen Operationen der Preußen und Österreicher nicht so hartnäckig auf einer präzisen Bewertung ihrer Pretiosen bestanden hätten. Sie hätten darauf vertraut, daß der glückliche Feldzug und die Gnade eines geretteten Königs sie schnell in den Stand gesetzt hätten, ihre Wertsachen auszulösen, ohne dabei allzusehr auf den jeweiligen Wert eines Stückes schauen zu müssen. Diesen Umstand eben habe er schamlos benutzt und sich der Not der Flüchtlinge für seine Geschäfte bedient. Jetzt hätten Dumouriez und Kellermann die Schlacht bei Valmy gewonnen und der König sei tot.

Der Franzose nickte und sagte, Eiderhoff habe das Gebot der christlichen Nächstenliebe in sein Gegenteil verkehrt, indem er gerade die, denen er hätte helfen sollen, nicht einmal wenigstens ehrlich behandelt, sondern auch noch betrogen habe. Er hoffe sehr, daß ihn dafür die Strafe Gottes ereile, und er könne nur bedauern, daß seine verblendeten und ungebärdigen Landsleute auf der anderen Seite des Rheines die arme Frau dieses Blutsaugers statt seiner selbst getroffen hätten.

Das war es also, warum mich Herr Leberlein hatte rufen lassen, das sollte ich hören und meine Schlüsse ziehen; denn er wußte wohl, daß ich von Pretiosen nicht viel verstand und ihm bei der Bewertung solcher Stücke also nicht hilfreich sein konnte. Das konnte daher sein Grund nicht gewesen sein.

Da war jemand, der dem Eiderhoff nicht viel Gutes wünschte, und wenn ich auch ihm selbst, seiner gemessenen Art wegen, einen Mord nicht zutraute, so war vielleicht ein anderer Emigrant weniger zurückhaltend. Dann also wäre es eine Verwechslung gewesen, und die Kugel hätte gar nicht den Werner treffen sollen, sondern den Eiderhoff. In der Aufregung wäre eine solche Verwechslung leicht möglich gewesen. Meistens sieht man, was man zu sehen erwartet. Wenn der Mörder von dem guten Werner vielleicht nichts gewußt hatte, nicht gewußt hatte, daß neben dem Ehemann noch ein anderer Mann im Zimmer war zusammen mit der jungen Frau, daß zwei Männer also im Zimmer waren, wenn er überzeugt war, daß nur Eiderhoff im Zimmer war, dann konnte kein anderer zur Frau ans Fenster treten als eben Eiderhoff. Dann erwartete er im Fenster Eiderhoff und sah in jedem, der sich da in einiger Entfernung zeigte, zunächst einmal Eiderhoff.

Es war für einen militärisch erfahrenen Emigranten, der z.B. den Feldzug im Jahre 1792 mitgemacht hatte, leicht vorauszusehen, daß es zu einer Schießerei kommen werde, wenn die Preußen so offen am Rheinufer entlang ihren Nachschub bewegten. Da konnte die Truppe auf der anderen Rheinseite der Versuchung, diesen Nachschub zu stören, nur schwer widerstehen. Aber war dazu militärische Erfahrung überhaupt notwendig und wenn, dann hatten wir doch mittlerweile alle schon ein wenig militärische Erfahrung gesammelt und wären nach diesem Kriterium alle verdächtig gewesen.

Der Gedanke einer möglichen Verwechslung Werners mit Eiderhoff machte alles noch schwieriger. Wenn eine Verwechslung vorlag, konnte Werner auch mit Pater Anselm verwechselt worden sein oder Pater Anselm mit ihm, schwerlich allerdings hätte bei dem Vorfall in Johannisberg Pater Anselm mit Eiderhoff verwechselt werden können, denn dieser war nicht zur Weihnachtsmette in Johannisberg. War Werner dort gewesen? Ich konnte mich nicht erinnern. Ich sah ein, daß ich meine Gedanken einmal in guter Ordnung aufschreiben müsse. So ein Kriminalfall ist wie eine wissenschaftliche Studie. Man muß alles, was geschieht, leidenschaftslos und ganz ohne innere Beteiligung beobachten, die Beobachtungen sammeln und ordnen und kann dann erst seine Schlüsse ziehen.

„Was hältst du davon?“, sagte Herr Leberlein in diesem Augenblick. Er zeigte mir einen goldenen Ring, an dem ein großer, glutroter Stein in lebendigem Feuer funkelte. „Ein herrlicher Rubin!“, fuhr er fort. Was sollte ich dazu sagen, verstand ich doch von Schmuck soviel wie Grandpatte, der auch nur wußte, daß er nicht eßbar war. „Ein teures Stück!“, fügte er hinzu und nannte einen Preis, der mir phantastisch schien. Ich wiegte bedächtig mein schmuckloses Haupt und stimmte ihm nach einigem Zögern zu. Da war er's zufrieden. Hätte er von mir wirklich einen Rat gewollt, dann hätte er sich meine Zustimmung erläutern lassen. Er hatte von mir keinen Rat bezüglich der Preise für Schmuck erwartet. Er hatte mich einzig deshalb rufen lassen, damit ich die Emigranten in den Kreis der Verdächtigen einbeziehen solle. Ein Emigrant hätte sich leicht in der Umgebung des Eiderhoffschen Anwesens aufhalten können, ohne Verdacht zu erregen. Wenn die Emigranten mit dem Eiderhoff Geschäfte machten, mußte man immer damit rechnen, in der Nähe seines Hauses einen der ihren anzutreffen. Er mußte dort auch nicht unbedingt gesehen werden, selbst wenn der Knecht und die Magd sich umgedreht hätten, wenn er nur hinter einem der Büsche, die im Garten dort reichlich standen, verborgen blieb. Er mußte ja nicht hervorkommen. Nach dem Mord konnte er darauf vertrauen, daß man im Hause anderes zu tun hätte, als im Gebüsch nach einem Mörder zu suchen. Er konnte erwarten, daß man an einen Mörder nicht denken, sondern zuerst einen militärischen Unfall annehmen werde. Da konnte er sorglos hinter einem Busch ausharren, bis er ungesehen enteilen konnte.

Offenbar war der Ring das letzte Stück gewesen, über das Unklarheit bestanden hatte. Ich fragte mich, ob der Emigrant bemerkt hatte, daß meine Anwesenheit wirklich nicht nötig gewesen wäre und zur Preisfindung auch nichts beigetragen hatte. Er ließ sich nichts anmerken.

Herr Leberlein lud uns nun zu einem Glase Wein ein und brachte ohne besondere Schwierigkeit das Gespräch auf den Tod der Frau Eiderhoff und den Tod des Werners und erzählte umständlich, wie wir uns davon hätten überzeugen müssen, daß Werner nicht durch die Revolutionäre auf dem anderen Ufer, sondern durch einen Mörder umgekommen sei.

Der Emigrant, der sich nach dem für ihn wohl zufriedenstellenden Abschluß des Geschäftsgespräches entspannt zurückgelehnt hatte, versuchte noch eine Weile, einen Ausdruck freundlicher Anteilnahme in seiner Miene zu bewahren. Ich merkte jedoch, wie sich sein Körper anspannte, als Leberlein das Wort Mord gebrauchte. Er fühlte wohl, daß ich ihn beobachtete, und wendete sich mir langsam zu und lächelte. Als Herr Leberlein dann zu erkennen gab, daß wir noch keine Ahnung hatten, wer der Mörder sein könnte, schien mir sein Lächeln für einen kurzen Augenblick ins Spöttische abzugleiten. Er hatte sich aber sofort wieder in der Gewalt. Da seien doch so viele Zeugen gewesen, und keiner hätte etwas Verdächtiges bemerkt. Das sei ungewöhnlich und zugleich unerfreulich, stellt er bedauernd fest.
Natürlich liege es daran, daß wir erdgebunden seien. Auf der Erde stehend, habe man keinen rechten Überblick. Wenn wir freilich aus den Lüften herabschauen könnten!
Wir sahen ihn fragend an.
Er erinnere sich da an eine wunderbare Erfindung, die man in Frankreich gemacht habe, noch zu Lebzeiten des Königs, als noch alles in der rechten Ordnung gewesen sei, im Jahre 1783. Vielleicht hätten wir schon davon gehört?
Als wir beide nichts sagten, fuhr er fort, in diesem Jahre hätten zwei Brüder, Papierfabrikanten, eine riesige, mehrere Elefanten fassende, unten offene ballförmige Hülle hergestellt aus Stoff, den sie mit Papier beklebt hätten, damit er luftundurchlässig würde, und hätten diesen ungeheuren Sack dann mit heißem Rauch gefüllt, der von einem offenen Feuer aufgestiegen sei. Jeder wisse, daß heißer Rauch nach oben steige, das könne man täglich beobachten. Man habe aber nicht gewußt, daß er auch die Kraft habe, einen solchen großen Ball zusammen mit einer daran befestigten Galerie hoch in die Lüfte zu tragen. Er habe mit eigenen Augen in Paris in Gegenwart des Königs gesehen, wie das möglich sei. Hoch in die Lüfte sei das runde Gefährt gestiegen. Bei dem ersten Aufstieg habe es einen Hammel, einen Hahn und eine Ente

mit sich emporgetragen, bei dem zweiten Aufstieg seien sogar Menschen mit aufgestiegen und nach einer fast eine halbe Stunde dauernden Fahrt heil an Leib und Gliedern wieder zur Erde zurückgekehrt. Ein Namensvetter von mir, ein Herr Charles, und dabei machte er eine kleine Verbeugung zu mir herüber, habe dieses Gefährt nun weiterentwickelt, er fahre nicht mehr mit heißem Rauch in die Lüfte, sondern mit einem neuen, von einem Engländer namens Cavendish einige Jahre früher entdeckten Gas, das man Hydrogen, also Wasserstoff, zu nennen beliebe. Das sei wohl eine englische Marotte, eine so kräftige Substanz, die Menschen in die Lüfte zu tragen vermöge, in ihrem Namen mit Wasser in Verbindung zu bringen. Er hätte da sicher einen viel besseren Namen gefunden, schmunzelte er, und hob sein Glas, um uns zuzutrinken.
Wenn ein solches Luftgefährt zur Stelle gewesen wäre, hätte man sicher alles genau beobachten können, und ein Mörder hätte sich nicht so leicht verbergen und dann davon eilen können. Er werde, wenn er jemals in sein geliebtes Frankreich zurückkehre, in dem er einen hohen und einflußreichen Posten bekleidet habe, dafür eintreten, daß die Polizei unverzüglich mit solchen Geräten ausgerüstet werde. Herr Leberlein war begeistert. Er ließ sich alle Einzelheiten der Luftfahrt noch einmal erzählen und fand auch, daß zumindest Tagesverbrechen durch solches Gerät erschwert werden könnten, bestand aber darauf, daß die meisten Verbrechen in der Nacht oder in der Dunkelheit begangen würden, und daß man das Luftgefährt, wenn es in die Hände verantwortungsloser Gesellen fiele, auch selbst als ein Instrument des Verbrechens werde kennenlernen können. Der Emigrant diskutierte mehr halbherzig und, wie mir schien, amüsiert und war wohl zufrieden, so glücklich und nachhaltig das Thema gewechselt zu haben. Luftige Gedanken über ein Wolkenschiff konnten unsere irdischen Schwierigkeiten nicht berühren.
War ihm das Thema unangenehm gewesen? Vielleicht eignete er sich in seiner gemessenen Art gerade besonders gut zum

Mörder? Vielleicht hatte er einen seiner Landsleute in Verdacht? Als ich nach Hause ging, wurde mir deutlich, daß ich nun vier Verdächtige hatte, den Kramhold, der mir persönlich am unverdächtigsten erschien, den Eiderhoff, der für meinen Geschmack gut in die Rolle des Mörders paßte, aber mit dem Mordversuch an Pater Anselm schwer in Verbindung zu bringen war, einen der Emigranten, von denen anscheinend viele ein Motiv für einen Mord hatten, wenn man ihren Stolz bedachte und überlegte, daß sie annehmen mußten, Eiderhoff habe sie wie Dummköpfe behandelt, und schließlich einen Unbekannten, für den ich ein Motiv nicht wußte. Ich dachte, es könnte ja sein, daß sich aus der dunklen Herkunft Werners noch ein Motiv ergäbe.

Samstag, der 12. 2. 1793.
Ich hatte immer noch keine Gelegenheit gefunden, zu Pater Anselm hinauf zu gehen. Ich bildete mir auch ein, es sei ungünstig oder mir gar nicht möglich, ohne einen Vorwand zu ihm zu gehen. Obwohl wir doch nun seit vielen Jahren befreundet waren, hatte mich dieses Unerwähntlassen der frühen Reise des Korbes von Johannisberg nach Eibingen so verwirrt, daß mir ein unbefangenes Gespräch nicht möglich schien. So schob ich den Besuch in Johannisberg immer wieder auf. Gründe für's Aufschieben fanden sich genug, und wenn ich gerade einmal keinen fand, war mir der fehlende Vorwand Grund genug. Da mir das alles bewußt war, ärgerte ich mich über mich, und je mehr ich darüber nachdachte, desto weniger fand ich einen Vorwand, der mir geeignet schien. Bei meinen Gesprächen mit Oskar hatte sich nichts neues ergeben.
Am 12. 2. also kam in der Morgenfrühe das alte weißbärtige Glockenmännchen zu mir. Wir nennen den Peter Eisingen das Glockenmännchen. Immer wenn die hohe Obrigkeit im Rathaus das Bedürfnis verspürt, den Bürgern etwas kundzutun, sei es eine Wohltat oder ein Verbot oder auch nur den Hinweis auf eine öffentliche Angelegenheit, wie etwa eine

Versteigerung, geht er mit einer kinderkopfgroßen Handglocke durch die Straßen, bleibt ungefähr alle fünfhundert Schritte stehen, läutet kräftig mit seiner Glocke und liest dann, wenn er die Aufmerksamkeit der Anwohner erregt hat, wenn sie an Türen und Fenstern stehen, von einem amtlichen Blatt die Verlautbarungen der Obrigkeit ab. Er verkündete mir, ich möge unverzüglich ins Rathaus eilen, wo mir der Schultheiß ganz persönlich eine Mitteilung machen wolle. Das Rathaus ist ein stattliches, freistehendes Fachwerkhaus mit spitzem Giebel. Schon der schmucklose Eingangsflur duftet nach Tinte, Papier und Aktenstaub. Zum Schultheißen gelangt man durch ein schmales Vorzimmer, in dem zwei Schreiber mit spitzen Federkielen über gelblich blasse Papierbögen kratzen. An den Wänden recken sich aktenbeladene Regale empor. Trotz der Ruhe, die in diesem Raume herrscht, die durch die gleichmäßigen Kratzgeräusche mehr betont als gestört wird, hat man den Eindruck, man befände sich in einer Art Zwischenzeit. Als Vorhölle kann man den Raum schlecht bezeichnen, da in solchem Falle der ehrwürdige Raum, der den Schultheißen enthält, zu einer Art Hölle würde. Das aber ist er ganz sicher nicht. Über einem einfarbenen, rötlich braunen Teppich erhebt sich dort auf einem kleinen Podest wie auf einem Feldherrnhügel der wuchtige Schreibtisch des Schultheißen. Auf einem hochlehnigen Stuhl sitzend, sich über den Schreibtisch, so weit es der füllige Leib erlaubt, nach vorne beugend, kann er den Besucher ins Auge fassen, der sich auf einem Stuhl vor dem Schreibtisch niederlassen und seine Anliegen vorbringen oder die Anordnung der Obrigkeit empfangen kann, stets eingedenk der niedrigen Ebene seiner Existenz.

Ein Schultheiß ist ein bedeutender Mann, der, in einen schwarzen Bratenrock gekleidet, im Glanz einer goldenen Amtskette sogar den Kaiser empfangen darf, wenn noch einmal einer nach Geisenheim käme, was leider immer unwahrscheinlicher wird. Wer weiß, wie lange noch das Heilige Römische Reich bestehen wird mit dem kaffeehausse-

ligen, gemütlichen Wien als Hauptstadt und dem Glanz des Kaiserhauses. Die Preußen gebärden sich schon, als ob sie hier die Herren wären. Die Franzosen aber wollen uns lehren, wie man überhaupt ohne Herrscher auskommt. Da wird es unserem Schultheißen wohl niemals vergönnt sein, einen Kaiser zu empfangen. Doch nach allem, was ich in der Welt nun erlebt habe, würde es mich nicht wundern, wenn es vielleicht auch ganz anders käme. Selbst wenn einer das ganz unmöglich scheinende behaupten wollte und sagte, die Franzosen, die sich jetzt so republikanisch gebärden, hätten schon bald wieder einen Kaiser, meinen Kopf würde ich nicht dagegen setzen, nicht einmal meinen schönen Sonntagshut.
Unser Schultheiß empfing mich auf die gewohnte, herablassende Art mit seiner immerwährenden Freundlichkeit. Sein rundes Gesicht ist ständig zu einem freundlichen Lächeln verzogen. Es sieht so aus, als habe er dieses Lächeln so lange in seine Gesichtsmuskeln hinein gearbeitet, bis es darin festgewachsen sei. Pater Anselm meint, das sei eine Voraussetzung für den Erfolg eines Politikers. Ich fühle mich, wenn ich den Schultheißen sehe, immer an das Kindermädchen bei einer viele Generationen alten, stammbaumechten Familie in Wiesbaden erinnert, das mir einmal, als ich dort in meiner Kindheit zu Besuch war und aus irgend einem Grunde eine Fratze schnitt, damit drohte, Fratzenschneiden könne dazu führen, daß eine Fratze, und meistens die schlimmste, im Gesicht stehen bleibe und dieses auf Dauer verunziere.
Der Schultheiß fischte einen mehrfach gefalteten Bogen aus einem Gefach an seinem Schreibtisch, tat so, als ob er darauf kurz noch etwas studieren müsse, und sagte dann, er habe da einen Bericht über ein ausgefallenes Gerücht, das im Dorfe umgehe und die Bürger beunruhige und sie von ihrer ehrlichen und nur bei angemessenem Fleiß ersprießlichen Arbeit abhalte. Sie ständen auf den Gassen und sprächen über dieses Gerücht, und man müsse befürchten, sie seien bei solchem Müßiggang schwerlich in der Lage, die zur Erhaltung der öffentlichen Ordnung und Gewährleistung der erhabenen

HOC
VOLO
SIC
JUBEO
JUVENAL

Wohltaten der Obrigkeit notwendigen Steuern zu entrichten. Ich müsse also erkennen, wie sehr ein solches Gerücht staatsgefährdenden Charakter habe. Er nähme mir nicht übel, daß ich dieses nicht bedacht habe, da ich ja schließlich nur mit Reben und Winzern Umgang pflege und dabei die lebenspendende Kraft der Steuern nicht so gut erkennen könne. Es sei eine der Paradoxien des menschlichen Lebens, daß diejenigen, die Steuern zahlen müßten, die tiefe Befriedigung, die ihnen dies bringen müsse, leider häufig nicht zu spüren vermöchten. Er sage mir dies alles, da er, diesem Gerüchte nachspürend, erfahren habe, und hier erhob er ein wenig seine Stimme, daß ich zusammen mit dem Chronisten Scheerer der Urheber des Gerüchtes sei. Diesen Chronikschreiber könne man ohnehin nicht ernst nehmen, aber ich sei doch vernünftig und wolle schließlich, wie er ebenfalls vernommen habe, in eine der vornehmsten Familien Geisenheims einheiraten, was für mich, der ich aus dem oberen Rheingau, aus dem weitgehend unbekannten Flecken Martinsthal stamme, ein kühnes Unterfangen sei. Da sei Wohlverhalten ein Gebot der Klugheit. Ein Mord dagegen sei eine Störung des Gemeinwesens, die es nicht geben dürfe und die es folglich auch nicht gebe. Die Obrigkeit könne nicht zulassen, daß über Dinge, die es nicht gebe, in einer in letzter Konsequenz, wie er mir schon dargelegt habe, steuergefährdenden Weise gesprochen werde.
Da wagte ich nun endlich, ihn zu unterbrechen, und sagte, es handele sich leider nicht um ein Gerücht, sondern um Tatsachen, die aus Beobachtungen von Tatsachen erschlossen worden und zu einer objektiven Erfahrung geworden seien. Es könne keinen vernünftigen Zweifel mehr daran geben, daß Werner ermordet worden sei, und daß auf Pater Anselm, den Kellermeister des Klosters Johannisberg, ein heimtückischer Mordanschlag verübt worden sei.
Nun aber richtete er sich hinter seinem Schreibtisch gewaltig empor, soweit seine nach oben begrenzten körperlichen Verhältnisse dies zuließen, und sprach: „Was bedeuten Beobachtungen, Tatsachen und Erfahrungen gegen das Wort

der Obrigkeit?“ Er antwortete sich selbst mit einem scharfen, zischenden „Nichts“. Dann wich der erhabene Gestus von ihm, und er erläuterte mir, die Kraft eines Gemeinwesens, wie es Geisenheim doch wohl sei, wachse aus der Ordnung. Das Zentrum dieser Ordnung und mithin der Kraft sei aber die Obrigkeit, behaust und gegenwärtig im Rathause. Diese Ordnung dürfe von einem unordentlichen Leben nicht gestört werden. Ein Mord aber sei der Gipfel, sozusagen die höchste Inkarnation der Unordnung. Er errege Angst, und wie er schon ausgeführt habe, Untätigkeit bei den Bürgern. Die Obrigkeit behaupte die Ordnung auch gegen das Leben. Auch was gewesen sei, müsse immer unter dem Gesichtspunkt gesehen werden, wie es gewesen sein müsse.
Ich solle bedenken, daß Werner die heilige Ordnung schon durch seine Geburt gestört habe. Jetzt endlich sei sein ordnungsfeindlicher Fall durch göttliche Fügung abgeschlossen worden. Eine verirrte feindliche Kugel könne man wohl mit Fug als eine Fügung bezeichnen. Wo kämen wir hin, und hier erhob er seinen Blick zur Zimmerdecke, wenn in unserem Dorf ein Mörder frei umherliefe!
Mir kam der Gedanke, welche Gründe es haben könne, daß der Schultheiß mich so wortreich davon zu überzeugen versuchte, daß es für mich besser sei, wenn ich auf weitere Nachforschungen im Mordfall Werner verzichte. Das Gerede von Steuer und Obrigkeit war wohl nicht ernst zu nehmen, wenn auch von ihm vielleicht ernst gemeint, da er sich in diese Gedanken so hineingesteigert haben konnte, daß er sie selbst ernst nahm.
Ob der Schultheiß in eigener Person in einer Verbindung zu Eiderhoff stand? Ob er vielleicht, in irgendeine finanzielle Bedrängnis geraten, seine goldene Amtskette dem Geldmann als Pfand gelassen hatte? Wenn er überhaupt eine goldene Amtskette hatte! Als ich so weit war, kamen mir meine eigenen Gedanken komisch vor, und ich mußte lächeln. Der Schultheiß nahm dieses Lächeln als Zustimmung zu seiner Darbietung, nickte gnädig, meinte, er habe gewußt, daß man

mit mir reden könne, und entließ mich. Im Hinausgehen dachte ich, das sei nun ein Ereignis gewesen, dessen Bedeutung für den Mordfall ich nicht richtig ermessen könne. Es sei doch ganz unwahrscheinlich, daß der Schultheiß in den Fall verwickelt sei, wenn es sicher auch schon Schultheißen gegeben habe, die in Mordfälle verwickelt gewesen seien. Hier spreche das Fehlen eines Motivs gegen eine solche Verwicklung. Ich hatte noch nichts von finanziellen Schwierigkeiten des Schultheißen gehört, und mit Werner hatte er nichts zu tun gehabt. Aber, und ich blieb zur Verwunderung der beiden Schreiber plötzlich im Vorraum stehen, mußte er denn selbst auf den Gedanken gekommen sein, mich zu diesem Gespräch zu bitten? Konnte nicht einer, der ein Interesse an dem Mordfall hatte, der Mörder zum Beispiel, ihn darum gebeten haben oder, besser noch, ihn durch Vorstellungen dazu gebracht haben? Wer aber könnte das gewesen sein? Es mußte schon jemand sein, der Einfluß hatte: Eiderhoff, der hatte Geld, oder Kramhold, der war zwar nicht reich, stammte aber aus einer alten Familie, ein Emigrant, wohl weniger, wenn er nicht von Adel war, der Baron Freiholz - er kam mir gerade entgegen, da ich unterdessen das Rathaus verlassen hatte - der aber hatte kein Motiv, genauso wenig wie Herr Leberlein, der sicher einen großen Einfluß hätte ausüben können, und den ich meiner Aufzählung hinzufügen mußte, wenn ich objektiv sein wollte. Der große Unbekannte?

Der Baron war stehen geblieben und sprach mich an, wiederum in seiner ironisch spöttischen Art. „Ei", sagte er, „bedurfte der große Ratgeber selbst des Rates, da er vom Rathaus kommt, wo der Rat in Fülle haust?" „Als ob man im Rathaus einen Rat bekommen könnte", erwiderte ich unwirsch und wollte weitergehen. Er aber hielt mich an meiner Jacke fest und entschuldigte sich für seine spöttische Art, die ihm schon oftmals Ungelegenheiten verursacht habe. Er wolle doch mit mir in guter Freundschaft leben, zumal er wisse, daß die Erfahrungen, die ich für alle in meinem Institut für Traubenkunde sammle, auch für ihn bereits nützlich gewesen seien und sicher auch in Zukunft nützlich sein würden. Er vermöge auch zu würdigen, wie ich darum bemüht sei, die Finsternis, die über dem Tode seines guten Werners schwebe, zu lichten. Er wisse gut, daß dazu auch Mut gehöre; denn ich könne leicht selbst durch den verborgenen Mörder zu Schaden kommen, sobald dieser befürchten müsse, daß ich eine Spur gefunden hätte, die zu ihm führen müsse. Leicht könne dieser dann mir dasselbe Schicksal bereiten wollen, das er dem Werner so grausam bereitet habe. Für einen Augenblick erwog ich, daß dies nun auch eine Drohung sein könnte, viel massiver allerdings als die Drohung des Schultheißen.

Freiholz sah mich an und fragte, wie weit ich mit der Aufklärung des Falles gelangt sei. In seinem Blick vermochte ich keine unnatürliche Spannung zu bemerken, und so schüttelte ich den Verdacht ab und erklärte ihm, daß ich noch völlig im Dunkel tappe. Um das richtig zu erklären, müsse ich weiter ausholen. Meine Eltern hätten, obwohl wir in Martinsthal in einiger Entfernung vom Rhein lebten, ganz gegen die Gewohnheit der Leute dort, früh dafür gesorgt, daß ich in der nützlichen Kunst des Schwimmens unterrichtet worden sei. Als ich einmal in Weingeschäften hätte ans Meer fahren müssen, hätte ich dort an einem sonnigen Vormittag die Gelegenheit wahrgenommen, ein Stück hinauszuschwimmen, da sei zunächst langsam, wie dies dort manchmal vorkomme, ein zarter Dunst vom Wasser aufgestiegen, der sich dann plötzlich in dichten Nebel verwandelt habe, und ich hätte mit Erschrecken festgestellt, daß ich nicht mehr erkennen konnte, in welcher Richtung das Land zu suchen sei.

„So im Nebel schwimme ich auch in diesem Mordfall und weiß nicht, in welche Richtung ich schwimmen muß."

Er sah mich ungläubig an und meinte, da hätte ich nun ein recht kräftiges Bild für meinen Zustand gewählt. So schlimm könne es doch nicht sein und auch damals nicht gewesen sein, denn ich stünde schließlich lebend vor ihm, Beweis genug dafür, daß ich das Ufer gefunden hätte und mich nun auch zurechtfinden werde. Ob mir nicht der Schultheiß, der viel erfahrene, einen Rat habe geben können?

Da berichtete ich ihm von unserer Unterredung und wie der Schultheiß für die Obrigkeit das Problem so einfach und klar gelöst hatte. Er lachte, das sei eine feine Lösung, vielleicht werde man in späteren, mehr republikanischen Zeiten eine solche Lösung, die so ganz entfernt sei von den Tatsachen, eine politische Lösung nennen. Doch wenn mir der Schultheiß schon keine Hilfe gewesen sei, so könne ich jedenfalls tatkräftige Hilfe von jenem Pater Anselm aus dem Kloster Johannisberg erwarten, mit dem ich so vertrauten Umgang pflege. „Ach", sagte ich, „Pater Anselm hat seine Nachforschungen in diesem Falle ganz aufgegeben. Ich weiß nicht, was er eigentlich zu erforschen versucht hat. Ich habe aber selbst gesehen, wie er seine Schriften und Aufzeichnungen eigenhändig weggepackt hat mit der Bemerkung, mit dem Tode sei nun alles sinnlos geworden."

Er ging eine Weile wortlos neben mir her, und ich hatte den Eindruck, meine Auskunft habe ihn bewegt. Ob er wohl anderes erwartet hatte? Leider hatte ich sein Gesicht nicht beobachten können, da ich mit dieser Reaktion nicht gerechnet hatte.

Das sei wohl klug gehandelt, vermutete er, wieder stehen bleibend. Schließlich könne es, wie er mir auch schon gesagt habe, ganz ungesund sein, seine Nase in die Angelegenheiten fremder Leute zu stecken. Pater Anselm habe zudem eine dicke Nase, die man nicht leicht übersehen könne. Das habe auch noch einen zweiten Nachteil. Wenn man eine solche Nase in fremde Angelegenheiten stecke, blieben ihr die letzten Feinheiten verborgen, da sie in diese nicht hineinpasse.

Ich war verblüfft über diese Wendung des Gesprächs. Er aber lachte spöttisch, ich möge ihm das nicht übel nehmen. Er mache eben gerne einen Scherz. Jetzt aber müsse er zurück zum Rathaus, da er mit dem Schultheißen verabredet sei. Er

drehte sich um und ging mit weitausgreifenden Schritten davon, noch ehe ich eine Antwort bereit hatte.
Beunruhigt, ohne aber den Grund der Beunruhigung erkennen zu können, begab ich mich in mein Institut und versenkte mich in meine Aufzeichnungen über den Rebenschnitt, um mich abzulenken.
Während der letzten Februarwochen vermied ich es, Pater Anselm zu besuchen. Ich hörte nichts von Oskar, und Grandpatte ließ sich gar nicht mehr bei mir sehen. Oskar hatte ihn offenbar von der Bedeutung seines Wächteramtes zu überzeugen vermocht, zudem hatte Pater Anselm einen besonders guten Riesling, von dem er seinen Hieronymuslöwen sicher zuweilen naschen ließ. Ich hatte mir vorgenommen, einmal für einige Zeit nicht mehr an den Mordfall zu denken, um mich dann mit meinen von der Arbeit im Weinberg erfrischten Geisteskräften erneut an seiner Lösung zu versuchen.

Als ich am 3. 3. endlich bereit war, nach Johannisberg hinaufzugehen, erreichte mich ein Hilferuf aus Martinsthal, den mein Vater wohl schon lange hinausgezögert hatte. Die Mutter ließ mir melden, Vater leide bereits seit Januar an Rückenbeschwerden, die diesmal so schlimm seien, daß er seinen Weinberg nicht schneiden könne. Ihr habe er das Schneiden untersagt, da sie es ihm nicht recht machen könne. Er habe mit jedem Tag gehofft, er könne hinaus. Nun aber sei der März gekommen, eine wirkliche Besserung jedoch nicht eingetreten und auch nicht abzusehen. Ich möge, wenn es mir möglich sei, unverzüglich kommen und ihr zur Freude und ihm zur Beruhigung den Weinberg schneiden.
Die Mutter fand ich lebhaft wie immer, den Vater von seinen Schmerzen geplagt, wenn er sich das auch nicht anmerken lassen wollte. An den Abenden im Elternhaus versuchte ich, das Gespräch auf den Mordfall zu lenken. Die Eltern aber waren wenig interessiert. Sie äußerten zwar ihr Bedauern, kannten jedoch die Personen nicht, auf die es ankam,

abgesehen von Pater Anselm und Maria und ihrem Vater, von denen ich ihnen bereits früher erzählt hatte. Sie konnten sich daher nicht recht vorstellen, wovon ich sprach. So wendete sich unsere Unterhaltung immer schnell wieder den unruhigen Zeiten zu, in denen wir leben, und vornehmlich den Urhebern dieser Unruhe, den Preußen, Österreichern und Franzosen, die mit ihren Kämpfen, Einquartierungen und Geld- und Weinforderungen so unmittelbar in das Leben der Rheingauer eingreifen.
Mehrmals besprachen wir, wie General Custine im Jahre 92 mit seiner Südarmee von der Pfalz aus, die Eroberung von Speyer erfolgreich abschließend, nach Worms und Mainz vorgedrungen sei und schließlich sogar Frankfurt erobert habe. Jetzt seien ja die Preußen und Österreicher da, seufzte mein Vater. Frankfurt sei zurückerobert, auch Hochheim und Königsstein seien von den Franzosen aufgegeben worden, und man höre davon, daß sich die Truppen der Koalition langsam weiter nach Westen bewegten, um Mainz einzuschließen und zu erobern. Wenn Mainz endlich erobert sei, er hoffe, das werde noch in diesem Jahre der Fall sein, dann sollten sie alle endlich nach Hause gehen und den Rheingau von ihren Kriegszügen verschont lassen. Wenn man das ständige Hin und Her so besehe und erkennen könne, wie wenig die jeweiligen Eroberungen Bestand hätten, dann müßte eigentlich jeder einsehen, daß man doch auf die Kriege ganz verzichten könne. Der Fehler sei eben, daß die Leute immer nur das sähen, was sie unmittelbar vor der Nase hätten, nicht das, was daneben läge, was vorher gewesen sei, und was man danach erwarten müsse. Auch die Könige und die Republikaner sähen nur scharf in ihrem begrenzten Nasenbereich und ihre Nasen seien, selbst wenn sie ungewöhnlich lang seien, arg kurz im Vergleich zur Länge der Geschichte der Menschheit oder auch nur im Vergleich zur Länge unseres Lebens. Dann hob er sein Glas und stieß mit mir an auf alle klugen Leute, die weiter sehen wollten, als ihre Nasen zeigten.

Bevor ich zu Bett ging, betrachtete ich meine Nase in einem kleinen Spiegel, der vom Kerzenlicht nur spärlich beleuchtet war und überlegte, was ich wohl übersehen haben könnte außerhalb des unmittelbaren Bereiches meiner Nase.
Im Traum begegnete ich dem Baron Freiholz, der mir eine Nase drehte und dann auf meinen Spiegel hauchte, sodaß meine Nase verschwand, und ich dachte, daß er wohl etwas zu viel getrunken habe. Als ich wach wurde, überlegte ich, ob er nicht wirklich in letzter Zeit zuviel trinke. Mir war aufgefallen, daß seine Augen gerötet waren, und daß er auch nach Alkohol roch, am Vormittag kein gutes Zeichen! Bei unserem letzten Gespräch hatte ich nur gar nicht darauf geachtet.

An meinem letzten Tag in Martinsthal, einem Donnerstag, dem 10.3., schnitt ich einen Weinberg in der Nähe des Sesser Weges, der durch den Wald nach Frauenstein führt. Bevor ich hinunter zum Dorf ging, stieg ich noch einmal hinauf zum Wald, um den Ausblick in den Rheingau hinein zu genießen. Von dem Strom kann man nur einige Teile sehen, die dem Fremdling als eine Reihe von kleinen Seen erscheinen könnten. Der Johannisberg liegt breit hingelagert vor den Taunusbergen und war gegen sechs Uhr am Nachmittag unter einem zarten Regen aus Goldstaub, den die sich neigende Sonne aus einer Wolkenlücke herab fließen ließ. Ihre ausgefächerten Strahlen standen rings um den Berg wie die Stäbe eines Indianerzeltes, die oben gebündelt sind. Aber schnell mit dem Flug der Wolken änderte sich das Bild, die Lücke schloß sich und dunkel und bedrohlich erhob sich nun der Berg wie ein schwarzer Wachhund vor den in blauen Dunst gehüllten Bergen des Taunus.
Ein besonderes Land ist das. Wie in einer riesigen, breiten Hand geborgen zwischen dem Strom und den Waldbergen, zur Sonne gewendet. Rebengärten und Obstwiesen fast wie im Land der Phäaken, meint Pater Anselm. Wo immer das liegen mag.

Samstag, der 12. 3. 1793.
Am Abend saß ich beim „Schoppenschorsch". Ich war schon früh gekommen und hatte mich an den Tisch gesetzt, an dem ich immer zu sitzen pflegte. Der Schorsch brachte mir ein Glas Wein und entschuldigte sich, er könne sich nicht zu mir setzen, da er im Hause noch viel zu tun habe. Die Freunde kamen, aber keiner setzte sich zu mir. Kramhold und Freiholz kamen, nickten mir zu, setzten sich aber zu den anderen. Freiholz trank reichlich. Sie sprachen erregt, aber trotz des Weines so leise, daß ich ihrer Rede nicht folgen konnte. Manchmal schaute einer zu mir herüber, wendete aber schnell sein Gesicht, wenn ich ihn ansah. Auf einmal stand Kramhold auf, trat an meinen Tisch und sagte, wenn ich hier sei, um zu spionieren, könne er mir die Mühe abnehmen. Es treffe zu, daß er am Abend des Tages, als es zu der Auseinandersetzung im Weinberg gekommen sei, den Werner hier beim „Schoppenschorsch" getroffen habe. Sie hätten beide getrunken, und da kein klösterlicher Friedensengel zugegen gewesen sei, sei es auch zu einer Schlägerei gekommen. Da sie keinen Karst und keine Sense gehabt hätten, sei das auch nicht weiter schlimm gewesen. So etwas komme vor. Alle Anwesenden seien Zeugen. Mit dem Baron habe er sich versöhnt, und ich solle mich schämen, alte Freunde mit einem schlimmen Verdacht zu verfolgen. Am besten ginge ich doch wieder nach Martinsthal und bliebe dort. Die Maria könne sicher auch in Geisenheim einen Mann finden, der zu ihr passe.
Keiner sagte ein Wort. Er ging zurück und setzte sich wieder hin.
Schweigen.
Als ich gehen wollte, kam Oskar, setzte sich zu mir und wir besprachen, daß ich am nächsten Tag zu Pater Anselm hinauf kommen sollte. Auf dem Heimweg bedachte ich, wie auch in unseren Zeiten noch immer der Überbringer einer schlechten Nachricht mit dem Inhalt der Nachricht in Verbindung gebracht werde, so als ob er das Unglück, das er berichte,

auch selbst zu verantworten habe. Schlimmer noch schien mir, wie schnell Freundschaften verderben können, und wie falsch ich meine Beliebtheit eingeschätzt hatte.

Kramholds Ausbruch kam mir in den Sinn.
Vielleicht ist er doch der Täter.
Ich erinnerte mich an den Meißel...
Diese Spur hatte ich nicht weiterverfolgt...
Aber schließlich hätte jeder den Meißel an sich nehmen können, der einmal bei Kramhold war.

IV

Montag, der 14. 3. 1793.
Es war also Mitte März, als ich zum Kloster hinaufging, um endlich mit Pater Anselm über die frühe Reise des Korbes mit dem Säugling von Johannisberg nach Eibingen zu sprechen. Es hatte ein paar Tage lang geregnet, aber schon gestern war die Sonne wieder heraus gekommen und hatte die Wege durch den Weinberg so weit abgetrocknet, daß man ohne viel Mühe ausschreiten konnte. Ich hatte es freilich nicht so eilig, ging vielmehr gemächlich und gedankenvoll dahin und zerknickte mit dem Daumennagel Stengel des braunen, eingetrockneten Rainfarns, die überall am Wege standen, die ich einen nach dem anderen abriß. Im Klosterhof fand ich die Kellertüre offen und suchte Pater Anselm deshalb gar nicht erst in seinem Schreibzimmer, sondern stieg gleich in die dunkle Öffnung des Kellers hinab. Im langgestreckten Kellergewölbe fand ich ihn bei Kerzenschein damit beschäftigt, einen Abstich zu beaufsichtigen.
Für den, der mit der Arbeit des Winzers nicht vertraut ist, sei hier angemerkt, daß es sich beim Abstechen nicht um eine mörderische oder kriegerische Tätigkeit handelt, bei der Messer oder Säbel benutzt werden. Es handelt sich vielmehr darum, den Wein nach der Beendigung der Gärung sowohl von der Hefe zu trennen, die die Gärung verursacht hat, nun aber tot auf dem Faßboden liegt und den Geschmack des Weines beeinträchtigen könnte, als auch von anderen unnötigen Dingen, wie etwa winzigen Resten von Traubenschalen, die den Wein trüben könnten, und nun auch auf dem Faßboden versammelt sind. Der Wein muß mehrmals abgestochen werden, da diese Trennung beim ersten Mal nicht gleich vollständig gelingt. In Johannisberg wird der Wein nicht mehr mühsam von einem Faß ins andere geschöpft. Die Klosterbrüder legen vielmehr ein leeres Faß neben das volle und verbinden die beiden Fässer mit einer Leitung aus hohlen Holzstangen, die mit kleinen Lederschläuchen aneinander so

befestigt sind, daß auch Biegungen ausgelegt werden können. Sind die Fässer verbunden, befestigt Pater Anselm meist persönlich einen Blasebalg am Spundloch des vollen Fasses. Dann läßt er durch den Luftdruck den Wein ins aufnahmebereite, leere Faß pressen.

Als ich kam, war er gerade mit seiner Arbeit fertig und konnte mit mir nach oben in sein Schreibzimmer gehen. Er ging schnell voraus, sodaß ich auf dem Wege nicht mit ihm sprechen konnte. Im Zimmer ließ er mir keine Zeit zu Fragen, sondern beschwerte sich über die Unbequemlichkeit unserer Überwachung, die ihn im Kloster eingesperrt halte und bei seinen Mitbrüdern bereits Erstaunen erregt habe. Wenn er doch in Gefahr sei, hätte sich diese schon längst bemerkbar gemacht. Die Tatsache, daß ein weiterer Mordanschlag auf ihn nicht unternommen worden sei, zeige doch, daß er nicht gefährdet sei, und daß das, was wir einen ersten Mordversuch genannt hätten, wahrscheinlich nur ein Unglück gewesen sei. Ich hörte mir seine Rede ruhig an und fragte ihn dann ganz unvermittelt und geradeheraus, warum er uns nicht gesagt habe, daß Werner als Säugling zunächst vor der Türe des Klosters Johannisberg ausgesetzt worden sei.

Woher ich denn diese Weisheit hätte, fragte er zurück.

In Eibingen hätte ich das erfahren.

Was das nun mit dem Mord zu tun habe? Er war ärgerlich.

Maria hätte mich darauf aufmerksam gemacht, erklärte ich ihm, daß man bei der Aufklärung eines Mordfalles nichts übersehen dürfe und deshalb mit seinen Nachforschungen ganz am Anfang, nämlich bei der Geburt des Ermordeten beginnen müsse. Über die Geburt wisse er auch nichts, sagte er da. Die liege doch nun bereits dreißig Jahre zurück. Wenn sie etwas mit dem Mord zu tun haben solle, hätte Werner doch schon viel früher ermordet werden müssen. Ich wußte nichts Rechtes darauf zu erwidern und bestand daher, wie man das immer so macht, wenn man nicht weiter weiß, einfach auf dem zuerst behaupteten Grundsatz, daß man eben allen Spuren nachgehen müsse.

Das nütze doch alles nichts mehr, da Werner tot sei, klagte nun Pater Anselm. Er habe vergeblich versucht, ihm einen Namen zu geben, eine Familie, einen festen Platz in dieser Welt, nach dem er sich gesehnt habe. Es sei ihm nicht gelungen, wenn er auch schon einige Fortschritte gemacht habe. Jetzt sei es zu spät.
Ich fragte nach dem Brief, der im Korb gewesen sein sollte.
Den habe er geheim halten wollen. Vor dem Inhalt dieses Briefes habe er Werner bewahren wollen. Deshalb die Heimlichtuerei. Mir habe er schon einmal, durch Ärger und Schrecken unvorsichtig geworden, aus diesem Briefe zitiert. Der Brief sei, wenn er die Handschrift richtig beurteile, von einem Manne geschrieben, wohl von dem Vater oder eher dem Stiefvater des Werner. Das Kind sei ein Kind der Sünde, stehe in diesem Brief, und solle bei den Heiligen entsühnt werden. Die pure Heuchelei sei das und Spott, ja, Spott. Er wolle darauf wetten, daß da einer lediglich Angst gehabt habe, seine und die Ehre seiner Familie könne durch das Kind beschmutzt werden. Das könne doch sehr gut das Motiv für einen Mord sein, unterbrach ich ihn.
Das könne es wohl, dann hätte der Rabenvater den Kleinen aber auch gleich umbringen können.
„Warum", rief ich aus, „wenn dieser Ausweg zum Kloster offen war?"
Er habe nun durch Schriftvergleiche versucht, den Schreiber des Briefes zu identifizieren. Der als einziger hätte sich leicht ausrechnen können, was er mit den vielen Briefen gewollt habe. „Was daraus entstanden ist, hast du ja miterlebt, lieber Karl."
Er sah mich traurig an und sagte, das sei es, was ihm seit Wochen das Herz schwer mache. Ob ich nicht verstehen könne, daß er in dieser Angelegenheit nun weiter nichts mehr tun wolle, nachdem er bereits in guter Meinung soviel Schreckliches angerichtet habe? Wahrscheinlich habe er durch seine Schriftstudien den Mörder erst zu seiner Tat aufgeregt. Ich sei dabei gewesen, als er alle seine Unterlagen fest

verpackt habe. Er werde diesen Kasten nicht mehr öffnen, um mit unglückseliger Hand vielleicht weiteres Unheil anzurichten.

Ob ich ihm sagen müsse, daß auf dieser Weigerung der Schatten des Aberglaubens liege, warf ich ein.

Nach einer Weile fragte ich, wie weit er denn gekommen sei mit seinen Schriftvergleichen.

Er habe mühsam die Schriften geordnet und ihre besonderen Merkmale, Schleifen, Schlaufen, Schnörkel, Länge und Enge, Rhythmus und Kraft der Schriften aufgelistet und verglichen und habe den Eindruck gehabt, einen bestimmten Verdacht hegen zu können, seine Arbeit aber des Mordes wegen unterbrochen.

Genau das habe der Mörder beabsichtigt, erwiderte ich.

Ob er nun diesem zu Willen sein wolle? Die Arbeit habe er begonnen. Die müsse er nun auch zu einem befriedigenden Ende führen.

„Willst du die Überführung eines Mörders ein befriedigendes Ende nennen?“

Darauf antwortete ich nicht. Ich kehrte zurück zum Anfang unseres Gespräches und sagte, es sei ihm wohl klar, daß er noch immer gefährdet sei, sobald der Mörder erführe, daß er seine Nachforschungen wieder aufgenommen habe.

Als ich ging, sah ich noch, wie er unter Büchern und Schriften den Kasten wieder hervorkramte, in den er seine Schriftproben eingeordnet hatte.

Am späten Nachmittag des 15. 3. traf ich Maria in den Weinbergen. Sie kam vom Kloster und wollte nach Geisenheim. Da es dunkel wurde und auch anfing zu regnen, schwarze Wolken wälzten sich über den Rhein und hatten ihre Regenschleier schon über das Land am anderen Ufer gebreitet, dachte ich, es sei an der Zeit, die Arbeit im Weinberg zu beenden. So ging ich mit Maria.

Eine ganze Weile gingen wir stumm nebeneinander her. Das Gras war noch naß vom Regen in der Nacht. Wasserlachen standen in den Fahrrinnen. Pfützen hatten sich in den vielen Fußspuren gebildet. Maria bemühte sich, den Pfützen auszuweichen. Sinnlos war das; denn der Regen kam jetzt schräg vom Rhein herauf und fiel über uns her. Marias Haare wurden schwer und legten sich um ihre Stirn. Die Tropfen sammelten sich in den Strähnen und rannen wie winzige Bäche über ihr Gesicht. Sie achtete nicht darauf.

Noch bevor wir die ersten Häuser erreicht hatten, blieb sie unvermittelt stehen und sah mich an. Durch den Regen kam ihre Stimme: „Woher konnte der Mörder wissen, daß eine Kugel vom Rheine her Lena treffen würde? Das konnte er doch gar nicht wissen!"

„Das war für ihn ein günstiger Zufall."

„Damit konnte er doch nicht rechnen!"

„Natürlich nicht. Er brauchte auch nicht damit zu rechnen."

Sie überlegte, runzelte die Stirn und wischte sich die Regentropfen von der Nase: „Ich verstehe das nicht. Ich verstehe den Mörder nicht. Ich meine aber, wir müssen den Mörder verstehen, wenn wir ihn finden wollen. Warum hat er für den Mord diesen Ort gewählt, wenn er gar nicht damit rechnen konnte, daß Lena getroffen würde?"

„Dafür sehe ich zwei Gründe." Ich nahm ihre Hand und wir gingen weiter. „Wenn der Mord im Hause der Eiderhoffs geschieht, denkt jeder sofort an den eifersüchtigen Ehemann. Es wurde doch schon genug darüber gesprochen. Wenn der Mord am Rheinufer geschieht, denk jeder auch an die Schüsse der Franzosen. Es war doch bekannt, daß die Kugeln der

Franzosen immer mal wieder über den Rhein herüber kommen. Die Transporte der Preußen waren ein besonderes Lockmittel für diese Kugeln. So hatte der Mörder zwei Vorteile. Auch wenn nur Werner tot geblieben wäre, hätte jeder zuerst einmal an die Franzosen gedacht.
Der Mörder brauchte also nur auf eine kleine Schießerei zu warten. Bei Werners Liebe zur frischen Luft konnte er damit rechnen, daß er einmal, oder besser mehrmals, ans Fenster treten werde. Werner war auch neugierig genug, um dann, wenn draußen Lärm entstünde, schnell einmal nachzusehen. Wenn Werner im Zimmer war, käme er sicher einmal ans Fenster. Der Mörder brauchte nur diesen Augenblick abzuwarten, dann konnte er schießen. Da auch die Preußen schossen, würde sein Schuß aus der Nähe nicht auffallen. Bei Werners Tod würde jeder zuerst an eine französische oder eine fehlgelenkte preußische Kugel denken, einen Querschläger oder vielleicht auch an einen in hastiger Bewegung zu früh ausgelösten Schuß.
Der Mörder brauchte nur ein wenig Geduld.
Der zweite Grund war, daß der Verdacht auf den Ehemann fallen mußte, wenn das ganz Unwahrscheinliche eintreten sollte, daß einer einen Mord vermutete."
Maria faßte meine Hand ganz fest: „Jetzt sehe ich den Mörder. Er ist geduldig und schlau."
„Wie ein Jäger auf dem Anstand."
„So suchen wir einen Jäger!"
„Den Schultheißen", schlug ich vor.
Sie sah mich unwillig an und überlegte.
„Mein Vater geht auch gerne auf die Jagd", sagte sie da, „und der Schoppenschorsch und der Baron und..."
Ich unterbrach sie. „Es muß ja kein Jäger sein. Angler sind auch geduldig, Kramhold zum Beispiel, der sitzt mit seiner Angel am Rhein und lauert auf die Fische, wie eine Katze im Gras vor dem Mausloch sitzt und auf Mäuse wartet."
„Und fast so wie eine Katze springt er auf den Fisch, wenn er ihn mit einem Ruck aufs Land geschleudert hat, und schlägt

ihn tot." Sie lächelte unsicher. „Auch ein Geschäftsmann braucht viel Geduld, und er muß schlau sein, wenn er sein Geld so verdient wie Eiderhoff. Er muß kalkulieren und Menschen für sich einsetzen können."

„Ja", sagte ich, „es könnte schließlich auch sein, daß der Verdacht nicht fälschlich auf ihn gelenkt wurde, sondern daß er tatsächlich einen Mörder gedungen hat, und dachte, die Franzosen und ein Alibi würden genügen, den Mordverdacht von ihm fernzuhalten."

Maria trat mir in den Weg und nahm auch meine andere Hand.

„Ich sehe ein, das bringt uns nicht weiter. Ich dachte, ich hätte da eine gute Idee gehabt. Solange wir nicht mehr über den Mörder wissen, können wir ihn nicht finden."

Sie lehnte sich an mich.

„Ich wollte dir helfen, Karl."

Regenküsse sind eine besondere Art von Küssen. Aber das hat mit dem Mordfall nichts mehr zu tun.

Mittwoch, der 16. 3. 1793.

Bei guter Zeit ging ich ans Rheinufer hinunter, um mir das Anwesen Eiderhoffs genauer anzusehen. Als richtiger Kriminalist hätte ich den Tatort längst überprüfen müssen. Jetzt war es sicher zu spät, noch irgendeine hilfreiche Entdeckung zu machen. Ich ging nur hin, um nichts zu versäumen. Wie man zu einem Treffpunkt geht, obwohl man vorausahnt, daß der andere nicht kommen wird.

Das Tor fand ich verschlossen. So ging ich um das Grundstück herum. Das Haus war mitten in einen Park zwischen Blumenrabatten, Bäume, Büsche und Sträucher gestellt. Nach dem Rhein hin erstreckte sich eine wohlgepflegte Wiese, von mehreren Kieswegen strahlenförmig durchschnitten, die alle auf einen Weg mündeten, der rings um das ganze Grundstück lief. Vom Rhein und dem Saumpfad am Ufer trennte das Anwesen ein Bretterzaun, der an den Ecken des Grundstücks jeweils noch einige Meter nach der Stadt zu verlief und dann von einer hohen, undurchdringlichen Buchenhecke in Empfang genommen wurde, die den Park vom Lärm und Staub der Straße abschirmte. So konnte man also das Grundstück nur durch das Tor betreten oder verlassen oder durch eine kleine Pforte, die aber auch verschlossen war. Ein Eindringling mußte sich daher entweder einen Weg mühsam durch die Hecke schneiden oder über den Bretterzaun springen. Beides hätte Aufmerksamkeit erregen können. Ein planvoll vorgehender Mörder hätte sich etwas Besseres ausdenken müssen. Der Mord hatte ja bei Tageslicht stattgefunden. Danach hatte ich zwar noch nicht gefragt, das war aber selbstverständlich, da bei Dunkelheit ein Scharmützel über den Rhein unsinnig gewesen wäre. Die Schüsse konnten also nur bei Tageslicht gefallen sein. Ich setzte mich auf den Baumstumpf, auf dem ich den Chronisten Scheerer angetroffen hatte und überlegte mir, wie ich es wohl als Mörder angestellt hätte, unauffällig in den Park einzudringen. Ich dachte, am ehesten sei ein Zugang vielleicht da zu finden, wo die Hecke sich an den Bretterzaun anschloß. Ich ging, mir eine solche Stelle genauer anzusehen und fand, daß der Zaun an der Hecke noch ein Stück weiterlief in knappem Abstand von der Hecke und an seinem Ende an einem Pfosten befestigt war, dem gegenüber in der Hecke ein zweiter Pfosten stand. Der Zwischenraum zwischen den beiden Pfosten war schmal, vielleicht eine Elle breit, aber auch mit querlaufenden, schmalen Brettern versperrt. Ein gelenkiger Mörder hätte hier zwar über den Zaun steigen können, um dann, bei günstiger Gelegenheit hinter der Hecke hervortretend, die freie Straße zu gewinnen. Es hätte aber ein gelenkiger Mörder sein müssen, und Zeit hätte er haben müssen. Damit aber wäre er auch ein bedeutendes Risiko eingegangen. Wie konnte er sicher wissen, daß er soviel Zeit haben werde? Er konnte zwar, wie ich mir das schon früher überlegt habe, damit rechnen, viel Zeit zu haben, sicher wissen konnte er es nicht. Ich ging am Rhein entlang zu der anderen Seite des Grundstücks, um auch dort nach der Übergangsstelle

zwischen Hecke und Zaun zu sehen, und fand nun endlich einen Hinweis darauf, wie der Mörder geflohen sein konnte. Die beiden Endpfosten waren auf dieser Seite des Grundstücks genauso angebracht wie auf der anderen Seite, es fehlten aber die querlaufenden Bretter, die den Zugang versperrt hatten. Die waren offensichtlich mit Gewalt und nicht von einem Fachmann entfernt worden. Sie waren so abgerissen worden, daß die Nägel, die sie festgehalten hatten, zum Teil noch in den Pfosten staken. Die Öffnung, die sich so ergeben hatte, war für einen schlanken Mann leicht passierbar. Ich dachte sogleich an die Verdächtigen, und nach dem ersten Anschein hätten sich sowohl der Emigrant als auch Kramhold und Freiholz leicht durch diese Öffnung zwängen können. Mit Erleichterung verglich ich die Figur des Herrn Leberlein in meiner Vorstellung mit dem Zwischenraum zwischen den Pfosten; denn jeder konnte hier erkennen, daß der gute zwischen den Pfosten stecken geblieben wäre, wenn er versucht hätte, sich da durchzuquetschen. Wahrscheinlich wäre er gar nicht zwischen die Pfosten gelangt. Ich sah auch, daß einige Zweige abgeschnitten waren, um den Zugang zu erleichtern und den Rückzug zu beschleunigen.
Herrn Leberlein konnte ich also wohl von der Liste der Verdächtigen streichen. Das war mir keine große Hilfe, da ich ihn ohnehin nicht so richtig verdächtigt hatte. Dabei fiel mir ein, daß ich mir noch gar keine „Liste der Verdächtigen“ zusammengestellt hatte. Das war aber notwendig, wenn ich mit Pater Anselm planvoll über die Suche nach dem Mörder verhandeln oder auch nur Oskar meine Fortschritte erläutern wollte. Der kleine Erfolg meines Besuches bei Eiderhoff hatte mich neu angespornt, mit der Suche fortzufahren.
Ich ging also zurück in mein Institut, setzte mich an meinen Schreibtisch, griff einen leeren Bogen Papier aus dem Regal, prüfte Federkiel und Tintenfaß und begann, eine Liste der Verdächtigen zu verfertigen. Nachdem ich den Namen Eiderhoff geschrieben hatte, fiel mir wieder ein, daß Pater Anselm auch zum Hause Eiderhoff gerufen worden war, sodaß es

durchaus sein konnte, daß der Mordanschlag ursprünglich Pater Anselm gegolten hatte. Ich hatte ihn auch schon gefragt, wer ihn gerufen hatte. Herr Leberlein, hatte er geantwortet. Der aber hatte nicht mehr gewußt, wer ihn gebeten hatte, Pater Anselm zu rufen. Er meinte, das könne Lena Eiderhoff gewesen sein. Er wußte auch nicht mehr, wer dabei gewesen war, als er dem Pater die Einladung mitgeteilt hatte. Mehrere Winzer hätten dabei gestanden, vielleicht auch einer oder zwei der Emigranten. So war diese Spur, wenn es überhaupt eine Spur war, wertlos geworden. Jeder hätte wissen können, daß Pater Anselm zu Eiderhoffs kommen wollte. Ich beschloß, diese Episode nicht in die Liste der Verdächtigen aufzunehmen und begann von neuem.

Der Emigrant. Wenn er Eiderhoff ermorden wollte, hatte er, in seiner ausgeprägten Erwartung, daß Eiderhoff am Fenster erscheinen werde, den Werner mit Eiderhoff verwechselt. Sein Mordmotiv war eines der düsteren Geschäfte des Herrn Eiderhoff, bei dem ihn dieser betrogen hatte. Sehr verdächtig hatte er sich dadurch gemacht, daß er bei Leberlein das Gespräch über den Mordfall so geschickt und nachhaltig abgelenkt hatte. Er hatte die Geschichte von dieser ersten Luftfahrt doch nur deshalb erzählt, weil er das Gesprächsthema gründlich wechseln wollte. Das konnte er nur mit einem so neuen und aufregenden Bericht. Hatte er befürchtet, in einem Gespräch über den Mord sich oder einen seiner Landsleute zu verraten?
Er könnte zwar beim Weihnachtsgottesdienst in Johannisberg gewesen sein, ein Motiv für einen Mordanschlag auf Pater Anselm ist aber nicht erkennbar. Das heißt nicht, daß es nicht ein solches Motiv geben könnte, denn leicht ist der Stolz solcher Leute verletzt, zumal dann, wenn sie durch ihre Emigration verunsichert sind.

Der Schultheiß. Ihm wäre vielleicht ein Mord zuzutrauen, am ehesten ein Mord an Eiderhoff. Die Verwechslung Werners mit Eiderhoff ist aber unwahrscheinlicher, da er Werner gut kannte und wahrscheinlich auch Eiderhoff. Trotzdem kann auch bei guter Bekanntschaft eine falsche Erwartung zu Verwechslungen führen. Das Motiv müßte man wieder in den Geschäften des Eiderhoff suchen. Für einen Mordanschlag auf Pater Anselm war so leicht kein Motiv zu finden. Wahrscheinlich besuchte er den Weihnachtsgottesdienst in Geisenheim und nicht in Johannisberg. Ich hatte nur deshalb einen Verdacht, weil er mich so angelegentlich von der Suche nach dem Mörder hatte abhalten wollen. Vielleicht hätte ich ihn nicht auf die Liste setzen sollen. Da sollte er nun aber eine Weile sitzen bleiben, denn es bereitete mir ein gewisses Vergnügen, ihn dort sitzen zu sehen.

Herr Eiderhoff. Er hatte ein starkes Mordmotiv, die Eifersucht. Einen der Emigranten hätte er durch Erpressung zwingen können, den Werner zu ermorden. Wenn man allerdings Maria folgt, dann wäre Eifersucht kein Mordmotiv für ihn gewesen. Ich verstehe das zwar nicht so ganz. Sie hat aber meistens ein gutes Gespür für solche Dinge. Für einen Mordanschlag auf Pater Anselm gab es meines Wissens kein Motiv, wenn man nicht annehmen wollte, er hätte befürchtet, daß Pater Anselm ihm durch seine Predigten die Geschäfte verderben könnte.

Henne Kramhold. Er hätte die Gelegenheit gehabt, beide Mordanschläge auszuführen, und er hatte bei dem Gespräch über den Meißel dem Pater und mir gedroht. Das Motiv hätte der Streit mit Werner oder die Furcht vor einer Befleckung der Familienehre sein können, die durch eine Aufklärung der Herkunft Werners hätte ins Zwielicht geraten können. Werner als unehelicher Sohn seiner Mutter? So wäre gemunkelt worden. Keiner aber hätte nachweisen können, daß er unehelich war. Deshalb hätte das geringe Erbe geteilt werden müssen. Das hätte noch größere Schwierigkeiten bedeutet oder sogar das Ende des Weingutes. Also mußte Werner sterben, oder es mußte verhindert werden, daß seine Herkunft entdeckt würde. Das wäre genauso gut gewesen. - Das wäre auch ein Motiv gewesen, Pater Anselm umzubringen.

Eigentlich, wenn ich es recht besah, wollte mir scheinen, als wäre es nur ein Motiv für einen Mord an Pater Anselm gewesen. Denn die Gefahr bestand doch nur in den Schriftforschungen des Paters. Wer hätte wissen können, daß er diese beim Tode des Werners aufgeben werde. Allein mit Pater Anselms Tod wäre die Gefahr einer Entdeckung sicher beseitigt gewesen.

Nein - Pater Anselm konnte dem Werner von seinem Verdacht erzählt haben. Also mußten beide sterben.

Baron Freiholz. Bei ihm lagen die Dinge ähnlich wie bei Henne Kramhold. Auch er hatte uns gedroht. Lediglich einen Streit hatte es zwischen ihm und Werner nicht gegeben. Auch er hätte, um sicher zu sein, beide töten müssen.

Herr Leberlein. Ich nahm ihn nur der Vollständigkeit halber auf die Liste, und weil ich wirklich objektiv sein wollte. Auch bei ihm hätte das Motiv Familienehre und Besitz sein können.

Wenn ich die Liste so betrachtete, schien mir der Schultheiß am wenigsten verdächtig. Der Emigrant war besonders verdächtig, weil bei ihm am ehesten damit gerechnet werden konnte, daß er die militärische Situation richtig einzuschätzen wußte. Schwer war bei ihm ein Motiv für einen Mordanschlag auf Pater Anselm zu finden, zumal dieser immer dafür eintrat, die Emigranten freundlich zu behandeln. Das konnte ihren Stolz doch nicht verletzen.

Das Motiv der Familienehre war ein weites Feld. Wie sollte ich da zur Prüfung der Verdächtigen kommen können? Frau Leberlein hatte ich noch selbst gekannt. Sie war eine gute und gutmütige Frau gewesen, die ihren Mann liebte und verehrte und von ihm geliebt und verehrt wurde, wie das in einer guten

Ehe so ist. Einen Fehltritt hätte ich ihr nicht zugetraut. Bei Kramholds gab es oft Streit. Frau Kramhold, eine dunkle, herbe Schönheit, sieht immer noch gut aus, sogar in ihrem hohen Alter. Sie lebt sehr zurückgezogen, seit ihr Mann gestorben ist, und hat alles ihrem Sohn überlassen. Man sagt, sie habe einiges in die Ehe eingebracht. Ohne ihr Vermögen hätte Kramhold schon aufgeben müssen. Nie habe ich ein Gerücht über sie gehört. Der alte Freiholz soll nach dem Tode seiner ersten Frau kurz und ohne Erfolg um sie geworben haben. Er hat dann die andere geheiratet, das dürre Gespenst. Die erste Baronin sei eine schöne und warmherzige Frau gewesen. Wie sie mit ihrem Mann zurechtgekommen ist, weiß ich nicht.
Meine Kerze ist niedergebrannt, Zeit, ins Bett zu gehen. Ich sollte diese Liste einmal in Ruhe mit Pater Anselm besprechen. Am besten wird es sein, sie einige Zeit liegen zu lassen und dann noch einmal vorzunehmen.

Freitag, der 18. 3. 1793.
Grandpatte lag wieder vor dem Schreibtisch als Hieronymuslöwe, stolz auf sein Wächteramt. Er nahm kaum Notiz von mir, als ich eintrat, und bedachte mich nur würdevoll mit drei gemessenen Schwenkungen seines Schweifes. Pater Anselm saß mitten in beschriebenen Papierbögen, auf denen er jeweils mit roter Tinte ausladende Schlaufen und kringelige Schnörkel und andere Eigentümlichkeiten eingekreist hatte, die in einer Schrift besonders hervortraten.
Er schrieb.
Ich trat näher und sah, daß er versuchte, einen kurzen Brief nachzuahmen, den er vor sich auf den Schreibtisch gelegt hatte und immer wieder eingehend betrachtete. Er war sichtlich ungehalten darüber, daß Oskar das Fenster geöffnet hatte; denn der milde Wind aus den Weinbergen bewegte seine Papiere, sodaß er sie sich immer wieder neu zurechtlegen mußte. Die Kerze, die er, wenn das Fenster geschlossen war, oft auch am Tage benutzen mußte, war erloschen. Oskar stand mit glattem, rosigem Gesicht am Fenster und schien alle Einzel-

heiten der vor ihm zum Walde hinauf strebenden Weinberge und des Waldrandes erfassen und prüfen zu wollen, so war er in die Betrachtung der Landschaft versunken. Beide nahmen keine Notiz von mir.

„...und doch ist es nicht unmöglich!" sagte Oskar.

„Ich habe dir doch schon erklärt, daß ich das Fenster meistens geschlossen halte, damit mir der Wind nicht zwischen die Papiere fährt. Nur wenn ich das Zimmer lüften will, mache ich das Fenster auf. Dann aber halte ich mich nicht am Fenster auf." Pater Anselm wendete sich zu mir. „Oskar besteht aus lauter Ängsten. Nun meint er, ein möglicher Mörder könne vom Wäldchen her auf mich schießen. Eure ständige Überwachung wird mir überhaupt lästig. Auch Grandpatte folgt mir überall hin und liegt sogar nachts vor meinem Bett. Als ob ich hier im Kloster gefährdet wäre."

„Natürlich wäre das ein Schuß aus weiter Entfernung!", brummte Oskar. „Aus den Weinbergen kann er nicht schießen, das wäre zu auffällig. Vom Wald aus kann er sich seines Schusses nicht sicher sein. Auch weiß ich nicht, ob eine Kugel aus dieser Entfernung noch die nötige Durchschlagskraft hätte.

Groß und breit genug seid ihr ja, Pater Anselm, um ein gutes Ziel abzugeben. Mir ist es gar nicht wohl bei dem Gedanken, daß ihr euch jeden Tag zweimal oder mehrmals an diesem Fenster zeigt. Da die Zeiten in einem Kloster genau geregelt sind, wird euer Auftritt auch täglich ungefähr zur selben Zeit stattfinden. Wenn wir es mit einem verzweifelten Mörder zu tun haben, könnte er einen Schuß auch aus dieser Entfernung wagen. Er nähme es wohl in Kauf, den falschen zu treffen."

Nun schien mir Anselm wirklich verärgert. Er wendete sich schroff von Oskar ab und berichtete mir, daß er auf meine Vorhaltungen hin die ganze Schriftensammlung noch einmal ausgepackt habe, und nun gerade damit beschäftigt sei, zu versuchen, ob er eine ähnliche Schrift wie auf dem Brief, der im Korbe bei dem kleinen Werner lag, zustandebringen könne. Zum ersten Mal konnte ich den Brief sehen. Oskar

schien sich für den Brief nicht zu interessieren. Er wendete sich mit einem Gruß zum Gehen. Da bat ich ihn, von Pater Anselms Studien nichts verlauten zu lassen. Es sei sicher besser, wenn zunächst einmal keiner davon wisse. Er sah mich erstaunt an und sagte dann, so hielte ich den Pater wohl auch für gefährdet?
Ich antwortete nicht, sondern nahm den Brief in die Hand und betrachtete die geheimnisvolle Schrift. Die Morgensonne fiel von der Seite her auf das Blatt und zeigte mir nur wenige Zeilen ohne Anschrift und ohne Unterschrift.

„Ihr wollt doch voll christlicher Nächstenliebe sein! Nun könnt Ihr sie bekunden! Ihr müßt den Wurm aber vorsichtig anfassen, denn er ist ein Kind der Sünde und könnte Euch beflecken! Vielleicht wird er in Eurem heiligen Kloster aber auch von der Schuld entsühnt."

„Spott", sagte ich, „in einem solchen Brief!"
„Entweder eine ganz finstere oder eine sehr arme, verzweifelte Seele", meinte Pater Anselm. „Wo der Humor Lebenskraft verleiht, zerstört der kalte Spott."
Ich wendete das Blatt im Sonnenlicht hin und her und kam so ganz zufällig dazu, auch einmal auf die Rückseite zu schauen. „Hier ist auch eine Schrift", rief ich aus. „Zarte Buchstaben, so als hätte jemand diesen Bogen als Unterlage benutzt. Man muß ans Sonnenlicht gehen, wenn man etwas entdecken will."
Pater Anselm erschrak: „Das habe ich übersehen. Wie konnte ich das nur übersehen? Eine zweite Schrift? Eine andere Schrift? Das könnte...!"
Wir standen nun beide am Fenster und versuchten, die zarte Schrift zu entziffern. Es war keine Schrift, mit Tinte auf das Blatt gebracht, sondern nur ein im schrägen Sonnenlicht sichtbares Gespinst von buchstabenartigen Eindrücken. Manches war lesbar, anderes so verwischt, daß man es nicht mehr erkennen konnte.

Da ich besser sehen konnte als Pater Anselm, er hatte auch im Sonnenlicht kaum etwas erkennen können, diktierte ich ihm, was auf der Rückseite des Briefes stand.
Die ersten Buchstaben lauteten ganz deutlich:

„Mein let..."

Mehr konnte ich beim besten Willen nicht entziffern. Auch die Länge der ersten Zeile, aus er man vielleicht Rückschlüsse hätte ziehen können, blieb mir verborgen.
Von den weiteren Zeilen entzifferte ich folgendes:

„meinem zulet.....bo.....S....
alles, was ich........Ehe
....
keine Gemein..............
..........................."

Mehr konnte ich nicht lesen. Bei diesen Buchstaben hatte ich schon reichlich Phantasie aufwenden müssen. Ich dachte mir, diese durchgedrückten Zeilen müßten unmittelbar vor dem Brief im Korb geschrieben worden sein, weil sie sich auf diesen durchgedrückt hatten. Der Schlüssel zum Verständnis dieser wenigen Zeilen waren das erste Wort und das darauf folgende Wortbruchstück. 'Mein let' konnte ich unschwer zu „Mein letzter Wille" ergänzen. Ich konnte mir gut vorstellen, daß eine Frau in der Situation der Mutter des Werners das Bedürfnis haben konnte, einen letzten Willen zu schreiben. Da im Korb ein männliches Kind gelegen hatte, war mir ohne weiteres Nachdenken klar, daß der einsame Großbuchstabe in der zweiten Zeile ein „S" für Sohn sein müsse. Ich sagte aber nichts, da ich zuerst Pater Anselms Meinung hören wollte. Er beugte sich über sein Blatt und flüsterte, wie um seine noch ängstlich zögernden Gedanken nicht zu verscheuchen: „Das hatte ich befürchtet! Ein letzter Wille - Nein, das ändert nichts; denn vielleicht hat der Mörder davon gar nichts gewußt."
Nach einer Weile sagte er: „Die Furcht, einen Besitz teilen zu müssen, kann sowohl für einen geizigen als auch für einen

wenig bemittelten Mann Motiv genug sein für einen Mord." Er schloß die Augen, um sich besser konzentrieren zu können. „... und doch, das Testament kann für uns sehr wichtig sein!"

Er betrachtete noch einmal die Zeilen. Dann sah er auf. Schatten einer gelinden Verzweiflung breiteten sich über sein Gesicht.

„Ich bin zu alt für solche Arbeiten. Hättest du mir nicht mit deinen jugendfrischen Augen ausgeholfen, so hätten wir diese Buchstaben nicht entdeckt, und der Mord wäre uns für immer ein Rätsel geblieben."

Ich bemühte mich, ihn zu trösten, ohne viel Erfolg.

Wenn das Alter langsam und zartfühlend daher kommt, wenn man sich auf das Schwinden der Kräfte einrichten kann und seine Aufgaben so bemißt, daß man sie immer noch erledigen kann, dann ist das Alter nicht mit Schrecken und Trauer, sondern nur mit einer leisen Wehmut verbunden. Pater Anselm war in diese Aufgabe hineingestoßen worden, in eine Aufgabe, die ihm zeigte, welche Grenzen das Alter mittlerweile um ihn her gelegt hatte. Plötzlich sah er sich eingeengt von Altersgrenzen. Er saß starr am Schreibtisch und sah mich an, ohne mich zu sehen. Irgendwie sah er durch mich hindurch.

Was hätte ich sagen sollen?

Vor mir lag ein Stapel weißer Blätter. Ich schrieb die Buchstaben und Wortbruchstücke noch einmal für mich mit Tinte und Feder. Dann faltete ich das Blatt, um es zu mir zu nehmen. Auf dem darunterliegenden Blatt waren keine Schreibspuren zu erkennen. Das fiel mir auf. Mit Tinte und Feder konnte das Testament also nicht geschrieben sein. Nur ein kräftiger Stift hätte sich durchgedrückt. Ein Silberstift? Ja, vielleicht ein Silberstift, wie ihn Künstler benutzen, fest eingedrückt, weil die Knochenasche zur Grundierung nicht zur Hand war. Ich sah jetzt die Frau vor mir. In Eile hatte sie einen Stapel Papier als Unterlage benutzt, so wie ich jetzt. Sie hatte entschlossen und deshalb energisch geschrieben... und

den Stift so eingedrückt, daß ihre Schriftzüge sich noch tief in das darunterliegende Papier eingegraben hatten.
Dabei fiel mir ein, daß ich bei Leberleins schon einen Silberstift gesehen hatte, aber auch Frau Kramhold hat in ihrer Jugend sehr schön gezeichnet. Das wußte ich. Ein Silberstift im Hause Freiholz? Über die so früh verstorbene Baronin Freiholz wußte ich nur sehr wenig. Ob sie auch manchmal einen Silberstift benutzt hatte?
Ich erklärte Pater Anselm, worüber ich nachgedacht hatte. „Das sind also die Spuren eines Silberstiftes? Wahrscheinlich hast du recht. Ich sehe aber noch nicht, wie es uns weiterhelfen wird. Einen Silberstift könnte jeder benutzt haben", meinte er. „Das Testament kann uns helfen."
Der angenehme Frühlingswind bewegte die Fensterflügel. Mir war sehr wohl zumute; denn der Wind war frisch und hatte trotzdem die Wärme des Lebens. Er hauchte meine Lebensgeister an und erfreute mich.
Pater Anselm schob langsam die Papierbögen auf seinem Schreibtisch zusammen.
„Jetzt ist es spät geworden. Ich muß nun bald zum Mittagsmahl. Am Nachmittag werde ich in den Keller müssen. Laß uns an einem anderen Tag unsere Kriminalgeschichte weiter verfolgen. Es wird allerdings noch eine Weile dauern, bis ich bei der Deutung der Schriften zu einem Ergebnis komme."
„Eines möchte ich noch wissen!" Ich zögerte an der Tür. „Denken wir beide das gleiche über diese Worte auf der Rückseite des Briefes? Eure erste Reaktion schien mir dies anzuzeigen."
„Da gibt es keinen Zweifel. Es handelt sich um ein Erbe, das für den Mörder sehr wichtig ist. Das er nur dann in seinem Besitz behalten kann, wenn Werner tot ist."
„Oder, wenn ihr diese Angelegenheit nicht mehr weiter verfolgt."
Auf dem Heimweg dachte ich darüber nach, daß wir die neuerlichen Forschungen geheim halten oder Pater Anselm viel besser schützen müßten.

Die Worte und Wortbruchstücke auf der Rückseite des Briefes habe ich mir aus dem Gedächtnis wiederholt und ergänzt.

Sie lauten: „Mein let(zter Wille)
(Ich hinterlasse) meinem zulet(zt ge)bo(renen) S(ohn)
alles, was ich (in die) Ehe (eingebracht habe).“

Das ist der Satz, auf den es ankommt. Was darauf folgte, war nicht mehr so wichtig. Das Bruchstück „keine Gemein“ gehört wohl zu einer Begründung dieses Satzes, in der vielleicht die Rede davon war, daß zwischen den Ehegatten ohnehin keine Gemeinschaft mehr bestehe.

Das Wetter war im März sehr freundlich zu uns. Bei milder Luft konnten wir fast an jedem Tag in den Weinbergen arbeiten und wurden nur hin und wieder von Regenschauern gestört. Meistens beschränkte sich der Regen auf die Nacht. Wir fanden sogar die Zeit, alle die Grenzsteine neu einzumessen und zu setzen, die vor einiger Zeit durch Unwetter verschoben oder weggeschwemmt worden waren. Wir hatten die Grenzen in der Zwischenzeit nur vorläufig markiert. Mit der Aufklärung des Mordfalles kamen wir nicht recht weiter. Pater Anselm, so war den wenigen Worten zu entnehmen, die er dazu äußerte, hatte zwar einen Verdacht, konnte diesen aber aus seinen Schriftvergleichen noch nicht schlüssig belegen.

Auch im April erfuhr ich nichts, das mir bei der Suche nach dem Mörder hätte helfen können. Ich brütete zwar manchmal abends nach der Arbeit über meiner Liste der Verdächtigen und überlegte bei jedem, ob ich nicht vielleicht einen entscheidenden Punkt übersehen hätte, fand aber nichts. Mit Oskar besprach ich mehrmals, wie wir Pater Anselm besser gegen einen neuen Mordanschlag schützen könnten. Auch da fiel uns aber nichts ein, was die Situation wesentlich hätte verbessern können.

Unsere Gedanken waren zudem während des ganzen Aprils durch die kriegerischen Bewegungen in unserer Nähe sehr in Anspruch genommen. Pater Anselm, der einen Brief von seinem Freund, dem Minister von Goethe, erhalten hatte, erzählte, daß die Preußen und die Österreicher, die er die Kaiserlichen nannte, von zwei Seiten auf Mainz hin zögen, um diese lebensfrohe Stadt zuerst einzuschließen und dann zurückzuerobern.

Die Preußen hätten sich in einem diese Eroberung vorbereitenden Feldzuge nördlich von uns am Taunusgebirge hin auf Idstein zu bewegt und seien am Benediktiner-Kloster Schönau vorbei nach Kaub marschiert. Dort hätten sie, mit einiger Mühe alle Schiffe zusammenziehend, deren sie habhaft werden konnten, eine Schiffsbrücke errichtet, um nach Bacharach hinübergelangen zu können. Durch viele kleinere Gefechte und Scharmützel hätten sie die Franzosen zum Rückzug nötigen können und seien bis Stromberg vorgedrungen und hätten schließlich auch Kreuznach erobert.

Die Franzosen hätten den Winkel zwischen Nahe und Rhein verlassen, sodaß die Preußen sich gefahrlos gegen den Rhein hätten wenden können.

Indessen seien die Kaiserlichen in Speyer über den Rhein gegangen und von dort aus, den Rhein abwärts ziehend, nach Mainz vorgerückt.

Am Donnerstag, dem 14. April, so hörten wir, habe die Umzingelung der Stadt Mainz dann abgeschlossen werden können. Unsere Freunde in der Stadt konnten uns nur leid tun. Mit jeder neuen Eroberung und Rückeroberung kam auch eine neue Politik daher, und die Gedanken der Menschen sollten plötzlich noch schneller wechseln als der Zeitgeist. Maria hatte von ihrer Tante, die in der Stadt geblieben war, nun schon lange nichts mehr gehört. So kam es, daß wir häufiger über deren Schicksal sprachen als über den Mordfall und uns alle Möglichkeiten ihres Ausharrens, glückliche und unglückliche Umstände, gegenseitig beschrieben. Es ist eben immer so, daß neue Ereignisse, die uns bewegen, frühere Schwierigkeiten überdecken, ihre Lösung verzögern und oft sogar ganz verhindern, da mit der Zeit, die vergeht, das Interesse an der Lösung der Schwierigkeiten abnimmt. So gelingt es manchem, die Lösung einer Schwierigkeit zu verhindern, wenn er die Versuche einer Lösung nur lange genug verzögert. Das kann er auch machen, indem er scheinbar mit besonderer Sorgfalt auf eine Lösung hinarbeitet.

In den Dörfern und in den Weinbergen begegnete ich derweil Zurückhaltung und Mißtrauen. Nur der Baron Freiholz versuchte, sich nichts anmerken zu lassen. Da ich in letzter Zeit über den Mord nichts mehr gesagt hatte, schienen nun auch einige der anderen wieder wie früher mit mir reden zu wollen. Es gelang ihnen aber nur unvollkommen, und ich bemerkte, wie sie sich auch untereinander mit Mißtrauen behandelten. So konnte es nicht weiter gehen. Wir mußten die Sache nun endlich zu einem Ende bringen.

Montag, der 2. 5. 1793.

Am Morgen machte ich mich auf den Weg nach Johannisberg, um nun energisch zu versuchen, mit Pater Anselm gemeinsam das Rätsel dieses Mordes zu lösen. Ich hatte Oskar schon seit ein paar Tagen nicht mehr gesehen und war in Sorge um den Pater. Vielleicht hatte doch einer gehört, daß er seine Schriftvergleiche weiterführte, dies anderen gesagt und so auch den Mörder davon unterrichtet.

Ich hatte einen Weg gewählt, der mich an dem vor Geisenheim gelegenen Gutshause des Barons vorbeiführte. Ein wohlbefestigter Platz ist das, von einer starken Mauer umgeben, die von oben mit schweren Sandsteinplatten gegen Verwitterung geschützt ist. Ein breit gelagertes Wohngebäude, Ställe, Kelterhaus und Lagerschuppen dehnen die Mauer zu einem vieleckigen Gebilde. Freiholz stand unter dem riesigen Nußbaum vor dem Eingangstor, das in den bunt gepflasterten Hof führt.

Ein Bild wohlgeordneten Behagens!

Nur das Gesicht des Barons hatte einen Ausdruck angenommen, der auf mich unbehaglich wirkte. Ich komme ihm gerade recht, sagte er. Was wir uns denn nun wieder ausgedacht hätten? Ob wir wirklich annähmen, er sei so töricht, uns zu glauben, wir wollten ein Heimatmuseum errichten und brauchten dazu die alten, rostigen Schwerter, Rüstungen und Schilde aus seiner Waffenkammer. Einen Krieg könnten wir damit doch nicht führen, und die Rheingauer Bürgerwehr sei zu bedauern, wenn sie sich mit diesen Reliquien seiner Vorfahren ausrüsten müsse. Er könne aber auch nicht glauben, daß der alte Leberlein, der doch noch ganz gut bei Verstand sei, wenn er auch anscheinend beabsichtige, mir seine Tochter anzuvertrauen, gerade den Oskar zu ihm schicke, die Waffen zu inspizieren. Das sei doch eher meine Idee gewesen oder die des alten Schriftgelehrten aus dem Kloster, dieses Paters Anselm, der auch nur darauf sinne, wie er ehrlichen Leuten Ungelegenheiten bereiten könne, und doch viel besser daran täte, sich um seinen Keller und die Weinberge des Klosters zu bekümmern. Langsam empfände selbst er, der doch eigentlich sehr geduldig sei, unsere Machenschaften als lästig. Er habe aber den Oskar durchschaut und unsere Absicht erkannt und vereitelt. Weitere Schriften solle sich der Pater bei seinem Erzbischof in Mainz oder beim Papst holen.

Ich war verblüfft und konnte mir nicht vorstellen, worauf sich seine Zornesrede beziehen sollte. Zuerst kam mir der Gedanke, er sei wohl schon früh im Keller gewesen und habe zuviele seiner guten Weine probiert, vor dem Frühstück auf einen leeren Magen. Dazu aber war seine Rede zu klar, und so beschloß ich, ihn ausreden zu lassen, ohne ihn mit Fragen zu unterbrechen, was ihn wahrscheinlich nur noch mehr erregt hätte.

Als er nun mit der letzten ironischen Wendung zu Bischof und Papst seine Rede beendet hatte und mich mit einem gewissen Triumph anschaute, in der Meinung offenbar, irgend einen dunklen Anschlag vereitelt zu haben, fragte ich ihn, was

denn nun eigentlich vorgefallen sei. Ich hätte weder den Oskar noch den Pater in den letzten Tagen gesehen und wisse auch nicht, was es mit einem Heimatmuseum auf sich habe, in das freilich, so setzte ich vorsichtig hinzu, wenn es denn errichtet werde, auch alte Waffen verbracht werden sollten.
Er sah mir ins Gesicht, wie man etwa einem ins Gesicht sieht, dem man in der Dämmerung begegnet und den man im schwindenden Licht des Tage nicht gut erkennen kann, und sagte, wenn ich nicht gelernt hätte, mit den Augen zu lügen, so sei ich wohl tatsächlich über diese neue Torheit nicht informiert. Rot geworden sei ich auch nicht. So sei das alles sicher auf den Pater Anselm zurückzuführen, und das bestärke ihn nur in der Annahme, daß der Besuch der Waffenkammer nur ein Vorwand gewesen sei; denn wir alle wüßten ja wohl, daß eine Tür der Waffenkammer direkt in seine Bibliothek führe, wo er alle wichtigen Schriftstücke aufbewahre. Der Oskar habe also in die Waffenkammer gewollt und sich dort sicherlich so lange aufhalten und alte Waffen besichtigen wollen, bis er, Freiholz, weggegangen wäre. Dann hätte Oskar, da sei er ganz sicher, in die Bibliothek zu den Schriften schleichen wollen. Ob der christliche Pater Anselm noch nie etwas davon gehört habe, daß man nicht stehlen dürfe?
Da fragte ich ihn nun, ob der gute Oskar ihm denn irgend etwas gestohlen habe? Er müsse doch etwas Wertvolles vermissen, wenn er sich so schrecklich aufrege. Wenn gar nichts gestohlen sei, brauche er sich nicht aufzuregen. Dann sei die Aufregung unverständlich. Oskar habe ihn doch offenbar nur besucht und gebeten, die Waffenkammer sehen zu dürfen. Das habe er ihm wohl gestattet. Oskar habe daraufhin die Waffenkammer besichtigt. Mehr habe er doch nicht getan. In der Bibliothek sei er nicht gewesen. Das, sagte Freiholz, habe er zu verhindern gewußt. Die Tür zur Bibliothek habe er verschlossen. Da komme keiner unbewacht hinein. Nur wenn er persönlich dabei sei, dürfe einer in die Bibliothek, und er werde dann jede seiner Bewegungen genau

im Auge behalten. Dann komme mir seine Aufregung nun eigentlich seltsam übertrieben vor, bemerkte ich daraufhin nachdenklich. Es sei ihm nichts gestohlen worden. Seine Aufregung beruhe daher nur auf einer weit hergeholten Vermutung. Die sei weit hergeholt, weil der mögliche Dieb in dem Raum, in dem er etwas hätte stehlen sollen, gar nicht gewesen sei und auch offenbar keine Anstalten gemacht habe, in diesen Raum zu gelangen. Da gebe seine Aufregung zu denken. Einer, der ihn nicht so gut kenne wie ich, könnte zum Beispiel vermuten, daß seine Bibliothek düstere Geheimnisse berge.

Das hatte er nicht erwartet. Ich konnte ihm ansehen, wie er sich zur Ruhe zwang. So ernst habe er das auch nicht gemeint, brummte er dann.

Der Pater mache die ganze Stadt nervös mit seinen Schrifterforschungen. Da könne doch keiner ahnen, was er alles aus den Schriften herauslesen wolle und welch ungerechtfertigtem und unbewiesenem und, schlimmer noch, sowohl unbeweisbarem als auch unwiderlegbarem Verdacht man ausgesetzt werde. Wie könne sich denn einer wehren, wenn der Pater irgendwann einmal eine Vermutung ausspreche, da doch keiner außer ihm etwas von dieser besonderen Art der Schriftgelehrsamkeit verstünde. Der Eiderhoff oder der Kramhold, er könne sich nicht mehr erinnern, welcher der beiden, habe jüngst den Pater mit einer schwarzen Spinne verglichen, die in ihrem geschützten, klösterlichen Nest sitze und ihre verhängnisvollen Fäden durch die ganze Stadt ziehe. Darin könnte jeder hängen bleiben, und wer unschuldig sei, hätte Mühe, da wieder herauszukommen. Ich müsse deshalb verstehen, daß auch er nervös geworden sei, als der Oskar mit einem so ungewöhnlichen Ansinnen zu ihm gekommen sei. Jetzt sei er beruhigt, nachdem er mit mir gesprochen habe. Er müsse in den Keller. Nur wolle er mir noch sagen, daß es vielleicht doch besser sei, wenn der Pater seine letztlich doch fruchtlosen Bemühungen einstelle. Ich erwiderte, der Pater habe doch seine Bemühungen schon lange eingestellt.

Da lachte er wie einer, der etwas viel besser weiß, drehte sich um und ließ mich stehen.
Da hatte ich nun einige neue Fragen, die ich bis zum Kloster hinauf in meinen Gedanken bewegen konnte.
Was wollte Oskar in der Waffenkammer des Barons? An ein Heimatmuseum konnte ich auch nicht recht glauben. Das klang mehr wie ein von Oskar selbst zurechtgemachter Vorwand.
Warum hatte sich Freiholz so aufgeregt? Aber ich hatte doch schon bemerken können, daß nicht nur der Baron so aufgeregt war. Waren sie alle wirklich wegen des Mordes so durcheinander geraten oder fürchteten sie, der Pater könne in ihren Schriftstücken Dinge entdecken, die für sie alle sehr unangenehm wären?
Was schließlich hatte Freiholz mit Eiderhoff zu besprechen? Ich hatte diese beiden noch nie zusammen gesehen und deshalb auch in meinen Gedanken noch nie miteinander in Verbindung gebracht. Nach der letzten Bemerkung des Barons mußte ich aber doch davon ausgehen, daß sie in irgendeiner Beziehung zueinander standen. Oder hatten sich die beiden nur zufällig getroffen, beim „Schoppenschorsch" zum Beispiel, wo schließlich jeder jeden einmal trifft?

In einiger Entfernung sah ich Oskar mit dem Karst im Weinberg arbeiten. Er winkte mir zu. Ich winkte zurück. Er rief etwas, was ich wegen er Entfernung nicht verstehen konnte. Ich hatte jetzt aber keine Zeit, zu ihm zu gehen, da mir mein Besuch bei Pater Anselm immer dringlicher erschien. Der Baron war sicher nicht der einzige, der dachte, der Pater arbeite weiter an seinen Nachforschungen. Eiderhoff und Kramholz waren wahrscheinlich ebenfalls davon überzeugt. So dachte ich und dachte an den Mörder und daran, daß dieser sicher ebenfalls davon überzeugt sei, der Pater suche weiterhin nach ihm und wolle ihm seine Ehre nehmen oder sogar einen Besitz entreißen.
Das war gefährlich.

Das Gespräch mit Oskar über seine merkwürdigen Launen mußte also warten. Er schien auch nicht bekümmert, als er sah, daß ich meinen Weg weiter verfolgte, sondern winkte mir fröhlich zu. Das hätte er nicht getan, wenn sein Herz durch dunkle Gedanken beschwert gewesen wäre. Vielleicht hatte er nur wieder eine seiner Erfindungen im Sinn gehabt, als er die Waffenkammer sehen wollte. Vielleicht wollte er sehen, ob er aus einer alten Rüstung mit einigen Veränderungen eine Dampfmaschine machen könne oder sonst etwas Verrücktes. Er hatte schon oft solche Ideen gehabt. Die hütete er immer sorgfältig und bastelte im Stillen an irgendeinem kleinen Unglück. Seine Ideen waren meist genial, sie fanden sich nur nicht so ohne weiteres in die Wirklichkeit. Wahrscheinlich hatte er eine solche geniale Idee auch dem Baron nicht vorzeitig preisgeben wollen.

Den Pater fand ich wieder mit Grandpatte in seinem Schreibzimmer. Diesmal war das Fenster geöffnet, der Schreibtisch war aber so gerückt, daß der Pater, wenn er einmal aufstand, vom Walde her nicht gesehen werden konnte. Da hatte Oskar segensreich gewirkt.

Gefährlich waren jetzt nur noch die Minuten, die er vielleicht in Gedanken am Fenster verbrachte.

Bei offenem Fenster konnte natürlich leicht einer auf den Gedanken kommen, ihn von draußen zu rufen und so zum Fenster zu locken. Ob aber ein Ruf vom Walde her so weit trüge, wußte ich nicht. Ein Ruf aus größerer Nähe hätte wie der dann notwendige Schuß aus der Nähe den Mörder der Gefahr unmittelbarer Entdeckung ausgesetzt. Einen Helfer, also einen Mitwisser zu haben, wäre für ihn ebenfalls gefährlich gewesen.

Trotz allem, Sicherheit gab es für Pater Anselm erst wieder, wenn der Mörder gefaßt war.

Der Pater erhob sich von seinem Schemel, auf dem er bewegungslos, in ein Blatt vertieft, gesessen hatte, und kam mir entgegen. „Heute kann ich dir einiges zeigen, was dich interessieren wird“, so begrüßte er mich, „wenn ich auch den

Täter noch nicht gefunden habe, so bin ich bei der Zuordnung der Schrift des Briefes, der im Kinderkorb lag, einen Schritt weitergekommen!"

„Ich glaube, einen Schritt weitergekommen zu sein", verbesserte er sich dann. Er zeigte mir ein Blatt, auf dem er Eigentümlichkeiten von Schriften aufgezeichnet und mit Namen versehen hatte.

Bei schmalen, langgezogenen Schlaufen sah ich den Namen Leberlein.

Bei am Ende mancher Worte angebrachten, schwungvoll beginnenden, aber im Schwung verkümmernden Schnörkeln fand ich den Namen Freiholz und hinter einer Reihe von Bögen, die immer wieder auf scharfkantige Ecken trafen, stand der Name Kramhold.

„Das sind die auffälligen Besonderheiten von Schriften, die ich finden konnte, die sich auch in der Schrift auf dem Briefe finden." „Das müßte doch bedeuten", erwiderte ich, „daß dieser Brief nicht von einem Manne, sondern von drei Männern geschrieben wurde", und die phantastischsten Möglichkeiten, wie drei Männer hätten gedacht haben können, sie seien alle mögliche Kindesväter, schossen mir durch den Kopf.

Da lachte Pater Anselm, ich möge doch zu meiner bewährten Methode zurückkehren und zuerst denkend zu einer Schlußfolgerung gelangen, ehe ich meine Weisheit äußere. Es sei doch ganz unmöglich, daß drei Männer, etwa gar sich nach jedem kleinen Strichchen oder Böglein abwechselnd, zusammen einen Brief schreiben könnten, der dann ein so einheitliches Schriftbild böte, wie es auf dem Brief aus dem Korbe zu sehen sei. So müßte es doch gewesen sein, wenn sie zusammen den Brief hätten schreiben sollen. Das sei ganz unmöglich.

Er gehe davon aus, daß einer die Schriften der beiden anderen, und zwar beide zugleich, habe nachahmen wollen und daß ihm dabei, wie dies kaum zu vermeiden sei, auch immer einige Züge seiner eigenen Schrift unterlaufen seien. Es sei immer

leichter, eine fremde Schrift nachzuahmen, als selbst eine neue, als Maskerade gedachte, zu erfinden. Einem wenig geübten Fälscher werde aber immer auch das eine oder andere Merkmal seiner eigenen Schrift unterlaufen.
Dann müsse man doch damit rechnen, daß ihm, wenn er wenig geübt sei, was wir ja annehmen müßten, da sich keiner der drei Verdächtigen bisher als Schriftfälscher hervorgetan habe, die Eigenheiten einer fremden Schrift weniger gut gelängen als die eigenen, sagte ich eifrig und studierte den Brief und die Schriftbögen, die Pater Anselm als Beispiele daneben gelegt hatte.
„Dann hab ich's schon gefunden", rief ich nach einer Weile, während derer ich die inkriminierten Eigenheiten wieder und wieder verglichen hatte.
„Der am meisten Verdächtige ist Kramhold!"
Erleichtert sah ich den Pater an, auf seine Zustimmung hoffend. Er lächelte und wartete wohl, ob ich meine Meinung auch begründen könne oder wieder nur schnell etwas dahin gesagt hätte.
„Die Begründung ist einfach", fuhr ich daher fort. „Die Schnörkel des Barons sind wohl kühn begonnen, verkümmern aber im Verlauf. Der Schreiber hatte also wohl Schwierigkeiten mit diesen Schnörkeln und vermochte sie nicht so echt und kräftig aufs Papier zu bringen, wie sie in der Vorlage zu sehen sind. Die Schlaufen des Herrn Leberlein sind wohl leicht nachzuahmen. So bleibt der alte Kramhold, der Vater des Henne Kramhold, als der am meisten des Briefschreibens Verdächtige und, so unangenehm mir das ist und so unerwartet, Henne ist der am meisten des Mordes Verdächtige." Meinen zukünftigen Schwiegervater hätte ich da ja mit einer kühnen Wendung entlastet, schmunzelte Pater Anselm.
„Das fiel mir leicht", erklärte ich, „denn zum ersten hatte ich ihn ohnehin nie in Verdacht und zum anderen, das habe ich euch noch gar nicht erzählt, habe ich mir schon vor Wochen noch einmal den Tatort angesehen und festgestellt, daß der Mörder zwischen Zaun und Hecke eine wohl verborgene

Lücke teils gerissen, teils geschnitten hat. Durch diese schmale Lücke aber hätte unser guter Leberlein niemals schlüpfen können."

„Aber du!" sagte da Pater Anselm.

Ich starrte ihn an.

Ernst fragte er mich, ob ich mir noch nie überlegt hätte, daß ich auch selbst als Mörder in Frage kommen könne. Wenn es um den Besitz des Herrn Leberlein gehe, dessen Tochter ich doch zu heiraten gedächte, könne leicht einer auf den Gedanken kommen, ich hätte die Tat anstelle des alten Leberleins ausgeführt, um den Besitz meiner zukünftigen Frau vor fremden Erbschaftsansprüchen zu sichern. Wenn ich schon nicht selbst an diese Möglichkeit gedacht hätte, so müßten wir doch damit rechnen, daß der Mörder daran gedacht hätte, und ich nur deshalb von einem Mordanschlag verschont geblieben sei, weil dieser kluge Übeltäter beabsichtige, bei drohender Gefahr der Entdeckung mich als Verdächtigen der Öffentlichkeit zu präsentieren. Ein Mittel dazu werde er sich schon ausgedacht haben.

Das war nun wirklich ein Schock.

Der Pater aber fügte hinzu, auf Dauer könne man mit seinen Handlungen nur dann Erfolg haben, wenn man, so gut es gehe, alle Möglichkeiten in Betracht ziehe. Wenn man so nahe wie ich mit den Personen, die in einen Mordfall verwickelt seien, vertraut sei, müsse man immer auch die eigene Person in Rechnung stellen. Er habe aber noch etwas anderes an den Schriften entdeckt, das er mir erklären wolle, da ich es wohl in der Kürze der Zeit, die uns vom Vormittag noch bliebe, nicht selbst herausfinden könne. Er müsse dazu allerdings ein wenig weiter ausholen.

Ich hätte doch sicher schon einmal einen Menschen aus weiter Ferne auf mich zukommen sehen und hätte unmittelbar, lange bevor ich irgendwelche Einzelheiten hätte unterscheiden können, gewußt, wer da auf mich zukomme, wenn es sich um einen Bekannten oder Freund gehandelt habe, dessen Bewegungen mir vertraut gewesen seien. So wisse ich auch, wer in großer Entfernung im Weinberg arbeite, ohne etwa sein Gesicht sehen oder seine Kleidung unterscheiden zu können. Wenn ich dann bewußt durch genaue Betrachtung des Entgegenkommenden feststellen wolle, ob die plötzliche Gewißheit gerechtfertigt sei, geschähe es, daß ich wieder unsicher würde, bis der Anblick des nun nahe Herangekommenen den ersten Eindruck bestätige. Erkennen könne ich ganz unbewußt, so meine er, den besonderen Ablauf der Bewegungen, von dem ich aber kein festes Bild hätte, und der sich so der genaueren Betrachtung entzöge.

Bei den Schriften sei ihm etwas Ähnliches aufgefallen. Die Schriften seien nicht nur hintereinandergereihte Buchstaben, sondern auch Spuren von Bewegungen. Eine ganz eigentümliche Hand habe sich jeweils über das Blatt bewegt und die Buchstaben als Spur ihrer Bewegung hinterlassen. So müßten wir, wenn wir die Schriften vergleichen wollten, nicht nur die Schlaufen, Bögen und Schnörkel vergleichen, sondern auch die Bewegungen, die wir im Schriftbild erkennen könnten. Das aber sei viel schwerer, als die Schnörkel zu vergleichen. Die Bewegung sei dafür auch viel schwerer zu verfälschen, wenn der Fälscher überhaupt an diese Eigenheit seiner Schrift denke. Er habe nun, nach vielem Betrachten, die Überzeugung gewonnen, daß Herrn Leberleins Schrift eine lebendige, lebhafte Bewegung zeige, die auch seinem Charakter entspreche. Kramholdens Schrift komme sehr gemessen daher, und der alte Baron Freiholz habe seine Schrift mit an- und abflauender Energie aufs Papier gebracht. Die große Schwierigkeit bei der Zuordnung des Briefes aus dem Korb habe nun darin gelegen, daß diese Schrift so kurz in die Zeilen gemessen sei, daß in ihr die jeweilige Bewegung nicht recht in Fluß kommen könne. Deshalb habe er so lange gezögert, überhaupt etwas zur Bewegung zu sagen, die er in der Schrift erkennen könne. Erkennen sei auch nicht das richtige Wort. Man müsse das unmittelbar sehen. Unmittelbar zu sehen, glaube er aber nach mehreren Versuchen eine Bewegung, die er auch in der Schrift des alten Barons sehe, mehr als in der

Schrift der beiden anderen. Sicher sei er sich, daß er diese Bewegung in der Schrift Leberleins nicht sehe. Den Herrn Leberlein, sagte er, möchte er unter diesem Gesichtspunkt also aus der Zahl der Verdächtigen ausschließen. Bei dem alten Kramhold sei er sich nicht ganz so sicher. Ich hätte ihn da zusätzlich unsicher gemacht.

„Wir müssen versuchen, für das Geheimnis der verkümmerten Schnörkel eine Erklärung zu finden, die einen von beiden, Freiholz oder Kramhold, verdächtiger erscheinen läßt. Habt Ihr nicht daran gedacht, daß auch ein ganz anderer, etwa Eiderhoff, den Brief geschrieben haben könnte?", gab ich zu bedenken.

„Der Herr Eiderhoff ist noch zu jung und hat, so weit ich habe feststellen können, keine Verbindung in den Rheingau. Von den anderen Schriften hat keine auch nur entfernt eine Ähnlichkeit mit der Bewegung, die ich meine. Das sind alles Schriften von schreibungewohnten Leuten, die ihre Hände mühsam über das Papier führen. Dabei beraubt die Mühe ihre Bewegungen so sehr ihrer Eigentümlichkeit, daß man sie nicht einmal mehr voneinander unterscheiden kann."

Zumindest er könne das nicht, und es sei auch nicht nötig, nehme er an, da keiner von diesen eben wegen der Mühe, die sie hätten aufwenden müssen, als Fälscher in Frage käme.

„Warum hat sich einer überhaupt die Mühe gemacht?", fragte ich ihn. Die Antwort auf diese Frage liege im Inhalt des Briefes. Der Spott sei dem Schreiber ein tiefes Bedürfnis gewesen, erklärte Pater Anselm. Dieser Schreiber hätte offenbar gespürt, welches Unrecht er dem Kinde antue, und hätte sich wohl in den Stunden, in denen er sich zur Aussetzung des Kindes entschlossen habe, selbst verachtet, aber zugleich nicht ertragen können, daß andere, diejenigen nämlich, die sich des Kindes annehmen würden, glauben könnten, sie seien besser als er. Deshalb habe er sie durch Spott herabsetzen müssen.

Der Spötter sei ein unglücklicher Mensch. Die Lippen des Spottes seien schmal und verkniffen. Arme Leute, die die

bittere Not dazu zwänge, ihre Kinder vor ein Kloster zu legen, die schrieben andere Briefe. Da spüre man aus dem Brief noch die Sorge um das Kind und die Hoffnung, da sei einer, der dem Kind besser helfen könne als die Eltern.
Er schüttelte den Kopf, wie um sich frei zu machen von üblen Gedanken, dabei hörte ich ein merkwürdiges Geräusch, das aber sogleich wieder verklang oder besser verklirrte.
Er bat mich nun, den Brief noch einmal zu wenden und auf einem neuen Bogen, so gut ich könne, die Worte und Buchstaben, die ich auf der Rückseite erkennen könne, abzuzeichnen. Von einer Bewegung könne man da nicht sprechen. Ich solle aber die Buchstaben so ähnlich wie möglich machen.
Da war ich beschäftigt und merkte bald, daß es gar nicht so einfach ist, eine Schrift nachzuahmen, wenn man das nicht geübt hat. Erst nach mehreren Versuchen gelang mir eine Schrift, die den Schriftzügen auf dem Brief einigermaßen ähnlich war. Pater Anselm aber war noch nicht zufrieden. Er bat mich nun, mit einer kleinen, ganz fein zugespitzten Holzkohle die Eindrücke auf dem Papier nachzuziehen und so sichtbar zu machen und fing dann selbst an, die Züge auf dem Papier mit ihrem von mir gefertigten Abbild zu vergleichen. Ich mußte nun noch einige Versuche machen, ehe er zufrieden war, das Fenster schloß und mich verabschiedete. Das sei sicher eine weibliche Schrift, meinte er im Gehen. Er werde sie mit den Schriften vergleichen, die er sich von Frauen habe geben lassen, den Frauen aus dem Hause Leberlein, dem Hause Freiholz, Kramhold, Eiderhoff und anderen. Das werde allerdings wieder eine Weile dauern.
Nachdem ich gesehen hatte, wie sorgfältig er bei seinen Studien vorging und bedachte, daß er auch noch viele andere Aufgaben habe, vor allem im Keller und bei der Vorbereitung der Weinbergsarbeiten, konnte ich ihm da nur zustimmen.
Auf dem Heimweg besuchte ich Maria und erzählte ihr von unseren Überlegungen, ohne zu erwähnen, daß der Pater meine, auch ich selbst und ihr Vater könnten in Verdacht

geraten. Sie fragte, ob wir nichts unternehmen könnten, die Nachforschungen zu beschleunigen, denn die Stimmung in Johannisberg und Geisenheim sei ganz böse geworden. Nicht nur mir begegne man mit Mißtrauen, auch ihr Vater werde oft schroff behandelt von Leuten, von denen er dies nicht erwartet hätte. Dabei mißtrauten auch diese einander und die Leute, die noch beim „Schoppenschorsch" so unfreundlich zu mir gewesen seien, seien sich jetzt in der Zwischenzeit auch untereinander in die Haare geraten. Ich erklärte ihr, wie mühsam die Nachforschungen seien, und wie es noch gar nicht sicher sei, daß wir sie überhaupt zu einem zufriedenstellenden Ende führen könnten. Sie fragte nicht, ob es in diesem Falle für den Frieden nicht besser sei, mit den Nachforschungen ganz aufzuhören. Sie bestärkte mich vielmehr in meiner Arbeit und meinte, die Leute könnten nur dann zur Ruhe kommen, wenn das Rätsel gelöst sei. Wenn die Schwierigkeit verdeckt werde, werde das Verhältnis zwischen den Menschen hier lange Zeit vergiftet bleiben.

Da Herr Leberlein nicht zu Hause war, konnte ich länger bleiben.

IV

Hier schließt sich der erste Kreis. Ich komme nun zu dem Abend, an dem ich die Idee hatte, eine Weinprobe durchzuführen und die Verdächtigen zu dieser Weinprobe einzuladen. Es war der Abend des 20. Mai. Es war an diesem Tage so warm gewesen, daß der Pater und ich in der Schreibstube nicht mehr still sitzen konnten. Wir waren zuerst in der Schreibstube und dann in den Gängen des Klosters umhergewandert. Die milde Abendluft hatte uns schließlich auf die Terrasse gelockt. Es war uns bewußt, daß dies ein gefährlicher Aufenthaltsort war, die Gefahr konnte aber nur von vorne kommen aus den Weinbergen, die sich unter der durch eine Stützmauer erhöhten Terrasse nach dem Rhein hinab breiteten. Sie waren offen und im Licht der Abendsonne gut zu überschauen. Jede ungewöhnliche Bewegung dort hätte uns sofort auffallen müssen. Zudem lag Grandpatte in Lauerstellung an Pater Anselms Seite.

Wir hatten noch einmal ausführlich über das Geheimnis der verkümmerten Schnörkel gesprochen. Pater Anselm hatte mir die Schriften noch einmal gezeigt und mich gefragt, ob mir hinsichtlich der Schnörkel nichts auffalle?

Zunächst dachte ich, da sei doch weiter nichts Besonderes, als daß sie genauso wie in der Schrift des Barons auch auf dem Brief schwungvoll begännen, dann aber im Gegensatz zu der Schrift des Barons auf dem Briefe unsicher wurden und aussahen, als seien sie verdrückt worden oder im Schwung verkümmert. Das sah aus, als habe einer eine Aufgabe kühn in Angriff genommen, die Aufgabe nämlich, das Schriftbild des Barons nachzuahmen, sei aber auf halbem Wege an dieser Aufgabe verzweifelt und unsicher geworden und habe sie dann nur noch halbherzig vollendet.

Pater Anselm aber hatte offenbar etwas anderes im Sinne; denn er bat mich, die Schriftbilder noch einmal zu betrachten. Da fiel mir denn auf, daß auf dem Brief überhaupt nur wenige solcher geheimnisvollen Schnörkel zu finden waren, während

in der Schrift des Barons nahezu jedes zweite Wort in einen solchen fast etwas prahlerischen Schnörkel auslief.
Ich wies darauf hin und sagte: „Das bestätigt, was ich gesagt habe, der Fälscher fand diese Arbeit zu schwer und hat sie deshalb nur wenige Male ausgeführt. Man sieht auch an manchen Stellen an den Wortenden einen kleinen Haken, so als ob er dort einen Schnörkel habe versuchen wollen, sich dann aber nicht getraut habe! Das bestätigt meine Meinung, daß nicht der Baron diesen Brief geschrieben hat sondern Kramhold.“
Pater Anselm schien mit meiner Antwort nicht sehr glücklich, erwiderte aber nur, er sei bei der Betrachtung dieses Phänomens zu einer gegenteiligen Schlußfolgerung gelangt. Er sei sich sicher, daß seine Deutung die richtige sei, da er auch die Bewegungen in den Schriftzügen anders gedeutet habe als ich. Es sei ihm aber interessant zu sehen, wie man bei diesen Deutungen, auch wenn man dieselben Erscheinungen wahrnehme, zu ganz verschiedenen, ja sogar gegensätzlichen Auslegungen gelangen könne, sofern man nur in einer Sache, in unserem Falle der Bewegung im Schriftbild, unterschiedlicher Meinung sei. Weiter sagte er nichts dazu. Er erwähnte aber noch die Schriftzüge auf der Rückseite des Blattes, die ich ihm mit Kohle verdeutlicht hatte. Er habe sie mehrmals geprüft und alle Besonderheiten in einem kleinen Katalog zusammengestellt. Obwohl er danach alle Schriften von Frauen, die er in seiner Sammlung habe, ebenso behandelt hätte, sei es ihm nicht gelungen, eine Übereinstimmung zwischen zwei Schriften aufzufinden. Das habe ihn zuerst sehr verwirrt. Er glaube nun aber, eine der Frauenschriften aus seiner Sammlung erkannt zu haben. Sie sei ihm aus seiner Jugendzeit vertraut und wohl versehentlich oder mit Absicht unter einem anderen Namen in seine Sammlung praktiziert worden. Er sei sich da ziemlich sicher und könne nun fast sagen, er wisse, wer der Mörder sei. Beweisen könne er das aber nicht. Zumal ich ihn wiederum mit meiner Bemerkung irre gemacht habe. Er müsse meine Meinung prüfen.

Als ich einige Tage später mit ihm über meine Idee sprach, mit den Verdächtigen eine Weinprobe durchzuführen und von der Kraft des Weines die Lösung unseres Rätsels zu erhoffen, lachte er und sagte: „In vino veritas! Im Wein ist Wahrheit! Wir wollen es versuchen, lieber Karl. Ich weiß auch keinen anderen Weg, wie wir einen sicheren Beweis für mein", und hier zögerte er einen Augenblick und fuhr dann fort: „Vermuten oder Ahnen erlangen könnten. Um eines möchte ich dich noch bitten, lade auch den Herrn Eiderhoff ein!"
Die Probe konnte nicht bei mir im Institut und auch nicht im Kloster stattfinden, da dies sofort ein Mißtrauen erweckt hätte. Sie mußte bei Leberlein eingerichtet werden und Herr Leberlein mußte auch persönlich zu der Weinprobe einladen. Ich sprach mit ihm. Er war es zufrieden.
Es ergab sich leicht ein schöner Vorwand, da wir auch schon im vorigen Jahr in den Weinbergen des Klosters, in Leberleins Weinbergen und auch in den Versuchsweinbergen meines Institutes ein Experiment mit einem neuen Rebschnitt gemacht hatten, der so beschaffen war, daß er zu einer Einschränkung des Ertrages führte, den Rebstöcken also nicht so viele Trauben zumutete wie andere Arten des Rebschnitts. Wir hofften, daß die Rebstöcke, die ihre Kraft auf weniger Trauben verteilten, diese zu einer reicheren Reife führen könnten. Wir hatten deshalb, um den Einfluß der besonderen Lage ausschalten zu können, die Rebstöcke in den verschiedenen Weinbergslagen unterschiedlich geschnitten, sodaß wir jeweils unterschiedliche Weine aus denselben Weinbergslagen miteinander vergleichen könnten. Die anderen, Kramhold und auch Freiholz, hatten uns ausgelacht und gesagt, das seien Illusionen, hinter denen wir herjagten. Für die Reife sei einzig und allein die Sonne zuständig. In einem guten Jahre würden die Trauben eben reifer als in einem schlechten. Das sei das ganze Geheimnis. Nun mußte es daher als ganz natürlich erscheinen, daß wir sie zu einer Probe einluden, auf der dieser Streit geschlichtet werden konnte.

Montag, der 30. 5. 1793.

Am Abend vor der Weinprobe geschah, womit ich nicht mehr gerechnet hatte. Herr Leberlein hatte schon einige Tage vorher die ausgewählten Verdächtigen zur Weinprobe eingeladen. Ich war bei Maria, um mit ihr zusammen die Flaschen für die Probe zu kennzeichnen und zu ordnen, als Oskar ganz aufgeregt zu uns kam. Er stieß die Tür auf und stolperte ins Zimmer, schwer atmend und von schnellem Lauf erhitzt.

„Genauso, wie ich gesagt habe", stöhnte er. „Keiner hat mir geglaubt, auch du nicht, Karl! Maria hier kann es bezeugen. - Pater Anselm..."

Er setzte sich auf eine leere Weinkiste, die hochkant in der Nähe der Tür stand.

„Was ist mit Pater Anselm?" fragte Maria.

„Pater Anselm? Ja, Pater Anselm, das sage ich doch. Es war gegen 4 Uhr am Nachmittag, da bin ich zu Pater Anselm in sein Schreibzimmer gegangen. Am Schreibtisch saß er und war damit beschäftigt, sich einen Plan zu machen. Er schrieb Namen von Leuten und Weinbergslagen auf einen großen Bogen Papier untereinander und hintereinander und verband sie dann mit Strichen und Pfeilen. Da mußte ich ihn unterbrechen. Nach der Arbeit für den nächsten Tag habe ich ihn gefragt. Es ist doch jetzt an der Zeit, die Spätlese, ihr wißt, welche ich meine, in Flaschen zu füllen. Der Pater hat mit mir überlegt, ob irgend etwas dagegen sprechen könnte. Dann haben wir über die Arbeit in den Weinbergen gesprochen, was jetzt zu tun ist und wie die Trauben angesetzt haben. Plötzlich, aus den Weinbergen ganz nahe am Kloster, von einer Stelle, die, vom Fenster des Schreibzimmers aus gesehen, nach dem Walde liegt, da hören wir einen lauten Knall. Wie eine schlimme Explosion hat es gekracht.

Ich bin zum Fenster gestürzt. Das war natürlich wieder ganz offen. Ich habe hinausgeguckt. Ich wollte wissen, was da so geknallt hat. Nur einen kurzen Augenblick stehe ich so am Fenster, da packt er mich von hinten, der Pater, und schon hat er mich zu Boden gerissen. Umgefallen sind wir beide und

‘tzing’ oder so ähnlich, unheimlich, ganz wenig höher nur als wo gerade noch mein Kopf war, ist eine Kugel ‘plopp’ ins Holz gefahren im Fensterkreuz, und gleichzeitig fast, noch im Fallen, hör’ ich den zweiten Knall, diesmal schwächer, ganz aus der Ferne.“ Er atmete tief auf und griff in seine Haare. „Beinahe hätte er mich erschossen, der Mörder! Das war ein zweiter Mordanschlag auf Pater Anselm. Der Mörder hat aus der großen Entfernung mich mit dem Pater verwechselt. Ich habe die Kugel aus dem Fensterkreuz geschnitten. Die werde ich an meine Uhrkette hängen. Dann bin ich allein in den Weinberg gegangen und habe nachgesehen und einen kleinen Eisenbehälter gefunden, der durch eine Pulverexplosion völlig zersprengt gewesen ist. Ich habe auch eine lange, durchgeglühte Zündschnur gefunden.“

Ein zweiter Mordanschlag war fehlgeschlagen. Jetzt mußten wir aber endlich eine Lösung des Rätsels finden. Ich spürte, daß Maria sehr aufgeregt war. Sie zitterte ein wenig, als sie Oskar ein Glas Wein reichte.

Er trank und erklärte dann, der Pater und er hätten sich aus seinen Funden im Weinberg den Hergang des Anschlags leicht vergegenwärtigen können. Der Mörder habe eine kleine Bombe hergestellt und in den Weinberg gelegt, um mit einem lauten Knall den Pater ans Fenster zu locken. Vermittels der langen Zündschnur habe er die Explosion in Gang setzen, aber zugleich so lange verzögern können, daß er einen günstig gelegenen versteckten Platz am Rand des Wäldchens habe erreichen können, von dem aus er auf den Pater habe schießen können, sobald dieser zum Fenster geeilt käme. Das Ganze sei eine heimtückische Veranstaltung gewesen.

Als er sich von seiner Aufregung erholt hatte, fügte er hinzu, daß der Pater diesen Anschlag auf sein Leben eigentlich begrüßt hätte als Zeichen dafür, daß wir die richtigen Leute zur Weinprobe eingeladen hätten. Der Mörder habe sich von dem Vorwand, ein Rebschnittexperiment solle durchgeführt werden, nicht täuschen lassen. Das sei aber nicht schlimm. Die Überraschung werde trotzdem bei der Probe kommen.

V

Dienstag, der 31. 5. 1793.
Heute ist also der Tag, an dem die Probe stattfinden soll. Ein warmer Nachmittag, die hohen Fenster in Leberleins Wohnzimmer stehen offen. Das Zimmer ist in Erwartung der Gäste. Pater Anselm wird, damit ein letzter Anschlag auf sein Leben vermieden werde, erst kommen, wenn die Gäste alle anwesend sind. Er hat bereits in der Nacht das Kloster verlassen und sich im Hause des Schultheißen aufgehalten, der auch an der Probe teilnehmen will. Der Schultheiß war sofort bereit, Pater Anselm bei sich aufzunehmen, als Herr Leberlein ihn darum bat. Anscheinend hat er nun die Stimmung hier endlich richtig eingeschätzt und bemerkt, daß die Mehrzahl der Leute eine Lösung des Rätsels erwarten, und erkannt, wie bekömmlich es für ihn wäre, wenn er sich an dieser Lösung beteiligen könnte.

Wenn alle Gäste im Zimmer versammelt sind, wird Maria in einem Fenster ein Licht entzünden, das man vom Hause des Schultheißen aus sehen kann. Pater Anselm und der Schultheiß werden dann, von Grandpatte begleitet, unverzüglich herbeieilen. Oskar wird die Weine einschenken.

Da es eine ungewöhnliche Weinprobe ist, bei der die Weine paarweise verglichen werden sollen, werden numerierte Flaschen und numerierte Gläser verwendet. Die Nummern sind aber so verteilt, daß sie keinen Aufschluß darüber geben, ob ein Wein von den nach der neuen Methode geschnittenen Reben stammt oder von Weinen aus den nach althergebrachter Methode geschnittenen Weinbergszeilen. Die Weine werden während der Probe nicht besprochen, damit die Prüfer bei ihrer Zuordnung zu „besser“ oder „schlechter“ nicht beeinflußt werden können. Wenn unsere neue Methode die besseren Weine erbringt, dann müssen am Ende der Probe alle Weine, die aus Rebzeilen kommen, die nach dieser Methode geschnitten sind, jeweils insgesamt oder wenigstens überwiegend den besseren Weinen zugeordnet sein. Da die

Weine nicht besprochen werden dürfen, kann über vieles andere gesprochen werden, über die Zeitläufte, über die Wahrheit im Wein und schließlich auch über Pater Anselms Schrifterkundung.
Herr Leberlein hat sich einstweilen würdevoll auf einen Polsterstuhl gesetzt und erwartet die Gäste. Maria scheint mir nervös zu sein; denn sie geht um den Tisch herum, rückt dort ein Glas und hier eine Blumenvase zurecht, schiebt die Stühle mal etwas näher an den Tisch, mal etwas weiter vom Tisch weg und hat den Korb mit den Broten nun schon dreimal vom Tisch weg auf die Bank und wieder zurück auf den Tisch gestellt und mich mehrmals aufgefordert, ihr zu helfen, ohne zu sagen, was ich bewirken soll.
Ich bin mir nicht mehr so sicher, ob es wirklich eine gute Idee war, durch eine Weinprobe einen Mordfall klären zu wollen. Mich hat einfach der Spruch „in vino veritas" fasziniert und eine vage Vorstellung in mir erweckt, daß die Probe des Weines auch den Mörder erproben könne. Einen festumrissenen Plan habe ich nicht. Ich hoffe nur, Pater Anselm, der der Idee so schnell zugestimmt hat, weiß mehr damit anzufangen.
Eiderhoff, der Höfliche, der Geschäftsmann, mit einer wundervollen, unauffälligen Freundlichkeit gesegnet, kommt natürlich zuerst und wendet sich gleich an Herrn Leberlein, den er fast wie einen alten Freund, aber doch ohne zu vertraulich zu wirken, begrüßt und sogleich in ein lebhaftes Gespräch verwickelt. Es gelingt ihm dabei, zugleich Maria und mir die Empfindung zu vermitteln, er habe uns gesehen, sei sehr erfreut über unsere Gegenwart, müsse aber zuerst, das Alter zu ehren, einige Worte mit dem Herren des Hauses wechseln. Nach einer kleinen Weile nimmt er dann Urlaub von diesem und läßt uns eine genau zwischen Höflichkeit und Vertraulichkeit schwebende Begrüßung angedeihen.
Der Baron Freiholz ist der nächste. Er kommt, entgegen seiner normalen Art, steif und gemessen, küßt Maria die Hand, begrüßt Herrn Leberlein und nickt mir knapp zu. Weniger

Gruß ist kaum möglich. Maria kehrt ihm den Rücken zu, geht zum Schrank, wie um noch ein Glas zu holen, und wischt sich verstohlen die Hand unter der Schürze ab.

Der Baron bringt eine merkwürdige Spannung ins Haus. Wir waren ja schon vorher nicht so sehr locker, jetzt aber spüren wir die Spannung schon recht unangenehm. Ich sehe, wie auch Herr Leberlein leidet. Kramhold kommt zuletzt, geht etwas polterig auf Maria zu, die sich nach dem Gruß sofort abwendet und das Zimmer verläßt. Er begrüßt Herrn Leberlein und auch mich laut und deutlich. Ich habe den Eindruck, daß er seinen Mut mit Wein verstärkt hat.
Er beginnt sogleich eine Unterhaltung, indem er uns allen die neuesten Nachrichten von der Belagerung der Stadt Mainz vorträgt, die ihm einer seiner Weinhändler zugetragen hat.
Am 29. Mai, höre ich ihn sagen, hätten die Franzosen Bretzenheim zurückerobern wollen und von gestern auf heute in der Nacht hätten sie Marienborn überfallen.
„Ich will einmal sehen, wie sich die Mainzer, die sich so frei und gleich in der Brüderlichkeit eingerichtet haben, verändern werden, wenn die Preußen und Österreicher ihre Stadt zurückholen und das alte Regiment wieder neu aufrichten. Ihr werdet wohl nicht viel gegen Freiheit und Brüderlichkeit haben, lieber Baron, aber die Gleichheit wird euch nicht so gelegen kommen. Uns Armen kann es nur recht sein, wenn wir den Reichen ein wenig gleich werden sollten", wendet er sich an Baron Freiholz.
„Das könnte auch anders kommen, vielleicht könnten wir uns plötzlich alle gleich, aber arm wiederfinden. Ich meine, es ist ganz töricht anzunehmen, die Gleichheit werde alle gleich reich machen. Genau so gut können durch die Gleichheit alle gleich arm werden. Man kann das Volk durch solche Parolen leicht ins Unglück locken. Viel Gutes ist bis jetzt in Frankreich von dieser Gleichheit nicht zu spüren. Die Menschen sind nicht gleich. So muß man sie zur Gleichheit zwingen, dann aber sind sie nicht frei." So spricht der Baron.

„Ich meine, die Freiheit und die Gleichheit müssen durch die Brüderlichkeit versöhnt werden!“, ruft Eiderhoff fast eifriger, als es seine entgegenkommende Art zuläßt.
In diesem Augenblick kommen Pater Anselm und der Schultheiß. Eine allgemeine Begrüßung findet statt. Pater Anselm hat im Hereinkommen die Worte Eiderhoffs gehört und greift sie auf.
„Ich frage mich, ob nicht der Gegensatz zwischen Gleichheit und Brüderlichkeit noch schärfer ist als der Gegensatz zwischen Freiheit und Gleichheit. Ich habe noch keine gleichen Brüder gesehen, es sei denn, es handelte sich um Zwillinge. Brüderlich fand ich Brüder nur, wenn sie die zwischen ihnen bestehenden Unterschiede erkannt, und jeder des anderen Eigenart angenommen hat. Am brüderlichsten waren sie, wenn der eine die Eigenart des anderen sogar zu bewundern vermochte.“
„Freiheit, Gleichheit, Brüderlichkeit, das sind Ideale, denen man zustreben soll, wenn man sie auch nie erreichen wird“, wirft Kramhold ein.
Pater Anselm sieht ihn ernst an.
„So widerstreitenden Idealen zuzustreben, scheint mir jedenfalls wenig bekömmlich.“
Grandpatte hat sich während des Gespräches vor dem Tisch niedergelassen.
„Was soll der Hund bei der Weinprobe?“ Der Baron ist ärgerlich.
„Heute wurde wieder ein Mordanschlag auf Pater Anselm verübt.“
Das ist Oskars Stichwort. „Beinahe wäre mir die Kugel in die Stirn gefahren. Pater Anselm hat mich gerade noch früh genug vom Fenster zurückgezogen.“
„Die verirrte Kugel eines Jägers!“, meint Kramhold.
„Nein, ganz sicher nicht, durch eine Explosion in den Weinbergen sollte ich zum Fenster gelockt werden. Oskar stand nahe am Fenster und wollte feststellen, woher der Knall kam. Mir war plötzlich klar, daß dies wieder ein Anschlag

war. So riß ich ihn zurück. Die Kugel hätte aber ohnehin keinen großen Schaden angerichtet; denn sie schlug in das Holz des Fensterkreuzes."
„Wäre es nicht besser, der Hund würde draußen stehen und vor den Fenstern das Haus bewachen?" Wieder ist es der Baron, der fragt.
„Ich möchte ihn lieber bei mir haben!" Pater Anselms Antwort ist erstaunlich deutlich.
Endlich haben sie sich jetzt alle zum Tisch begeben. Sie stehen hinter den Stühlen, als ob sie auf das Kommando zum Niedersetzen warteten. Es soll anscheinend von Pater Anselm kommen, denn alle sehen ihn wie gebannt an.
Er setzt sich.
Baron Freiholz nimmt den Stuhl zu seiner Linken. Kramhold läßt sich rechts von ihm nieder, daneben Eiderhoff, bescheiden wie eine Randfigur. Anselm gegenüber sitzt nun Herr Leberlein. Rechts und links von ihm der Schultheiß und ich. Ich komme Freiholz gegenüber zu sitzen. Ich sehe den Pater nur ungern so von den beiden Hauptverdächtigen umrahmt. Der Schultheiß lächelt, weil er nicht anders kann. Sein Lächeln zündet nicht. Nur Eiderhoffs Gesicht zeigt einen leichten Hauch von Heiterkeit. Alle sind gespannt. Pater Anselm scheint sich trotzdem behaglich zu fühlen.
Aber seine Bewegungen sind schwerfällig. Sie erinnern mich an die mühevollen Bewegungen der Lastträger. Die halten sich nur nicht so gerade wie der Pater. Was ist mit seinen Bewegungen? Ist mir das nicht schon seit ein paar Tagen aufgefallen?
Die Probe beginnt.
Oskar, zwei Flaschen tragend, geht um den Tisch und schenkt ein. Die ersten beiden Gläser werden benutzt. Sie tragen Nummern. Er vergleicht sie immer sorgfältig mit den Nummern auf den Flaschen. Da werden wir viele Gläser spülen müssen, geht mir durch den Kopf.
Die Gäste probieren schweigend. Zuerst heben sich die Gläser gegen das Licht, dann senken sie sich, und die Nasen

senken sich in die Gläser, dann bewegen sich die Gläser zu den Lippen.
Freiholz nippt nur. Er schluckt kaum. Er trifft seine Entscheidung, nachdem er einige Male zwischen beiden Gläsern hin und her genippt hat, leert die Weinreste in einen der beiden Krüge, die zu diesem Zweck in der Mitte des Tisches stehen, und stellt die Gläser hin, das eine auf den Platz für die besseren, das andere auf den Platz für die schlechteren.
Kramhold trinkt seine Gläser aus. Er schlürft und schmatzt und rückt die Gläser hin und her, bis er sich endlich entscheidet. Eiderhoff ist unsicher.
Pater Anselm prüft die Weine sehr ernst, als ob er zu nichts anderem in diesen Raum gekommen wäre. Er nickt mir zu. Ich bin so aufgeregt, daß ich nicht mehr weiß, was ich schmecke. Der Schultheiß lächelt noch immer.
Während Oskar Weine in die nächsten beiden Gläser einschenkt, beginnt der Schultheiß zu reden. Ich höre ihn und höre ihn nicht. Er spricht über die Wahrheit im Wein. Er spricht fast so darüber, als ob er glaube, der Wein könne die Wahrheit enthüllen. Ich sehe nur immer Freiholz und Kramhold. Freiholz grinst spöttisch. Kramhold sieht den Schultheißen sehr erstaunt an, als ob er von ihm eine solche Rede am wenigsten erwartet hätte. Vielleicht sollte ich Eiderhoff besser im Auge behalten. Warum nur hat der Pater darauf bestanden, daß er eingeladen werde? Er paßt nicht in diese Gesellschaft.
Ich ertappe mich dabei, wie ich dem Schultheißen zuhöre. Er schwingt sich nun auf zu einer richtigen kleinen Rede, die er nur zum Probieren der Weine unterbricht.
„Die Traube ist die edelste der Früchte! Drei Gründe will ich nennen. Sie ist schön, wahr und gut. Sie ist das schönste Sinnbild einer wohlbefindlichen menschlichen Gesellschaft. So wie sich aus der reifen Fülle der Beeren ein Wein ergießt, in dem die ganze Kraft des Lebens ruht, so ist sie ein Zeichen dafür, wie die Mühe vieler Bürger das allgemeine Wohl befördert."

„Das bonum commune“, fügt er hinzu; denn er ziert seine Rede gern mit ein wenig Latein.
Er probiert die Weine, ordnet sie mit großzügiger Geste und fährt fort: „Die Traube birgt die Wahrheit in sich, indem sie das Wesen vieler Früchte in sich vereint und diese Wahrheit im Geschmack des Weines enthüllt. Wir erleben im Duft des Weines den Geschmack des persischen Apfels, des Pfirsichs also, wie man heute sagt. Er war in den Beeren noch gebunden und ist nun befreit in der Wahrheit des Weines. Oder nehmt die Himbeere...“
Ich werde wohl nie mehr erfahren, wozu wir die Himbeere nehmen sollen, oder warum nicht nur das Wahre und Schöne, sondern auch das Gute im Wein vollendet ist; denn jetzt wird der Schultheiß durch den Baron unterbrochen. Freiholz hat schon die ganze Zeit über ungeduldig auf das Ende der Rede des Schultheißen gewartet. Er sitzt angespannt ganz vorne auf der Kante seines Stuhles, wie um unmittelbar aufspringen zu können, wenn irgendetwas Unvorhergesehenes geschähe. Ich konnte sehen, wie er sich dazu gezwungen hat, ruhig zu bleiben. Jetzt gelingt es ihm nicht länger. Er unterbricht einfach die Rede, indem er sich an Herrn Leberlein wendet und sagt: „Ich dachte, wir wären nicht nur zur Weinprobe hierher eingeladen. Wir dürften auch die Früchte von Pater Anselms Schriftgelehrsamkeit genießen.“
Wir sind bei der vierten Probe angelangt. Freiholz hat immer nur genippt und den Pater beobachtet. Vielleicht konnte er den Schultheißen gar nicht unterbrechen, denke ich, da er ihn gar nicht gehört hat.
Auf der anderen Seite beobachtet Kramhold den Pater, nicht so kalt und gespannt wie der Baron, sondern eher wie ein Hund seinen Herren beobachtet, wenn er nicht weiß, was er von ihm zu erwarten hat. Ich merke, daß wir zu einer Entscheidung kommen. Der Schultheiß schweigt.
Pater Anselm wendet sich ganz langsam zu dem Baron.
„Meine Schriftvergleiche haben zu einem interessanten Ergebnis geführt. Ihr wißt ja nun alle, daß sich in dem Korb,

in dem Werner uns vor die Klostertür gelegt wurde, ein Brief befand. Diesen Brief nahm ich an mich, ehe wir das Kind zu den guten Nonnen nach Eibingen gaben. Ich habe seither oft darüber nachgedacht, wer diesen Brief geschrieben haben könnte; denn der Schreiber des Briefes müßte der Vater des Werners oder vielmehr der Mann seiner Mutter sein. Der Inhalt des Briefes gab keine Hinweise darauf, wer den Brief geschrieben hatte. Er ließ lediglich vermuten, daß Werner die Frucht eines Fehltritts seiner Mutter war. Ich überlegte: Den Brief hatte ein betrogener Ehemann geschrieben, der auch das Kind ausgesetzt hat. Wäre es der Vater gewesen, so hätte er den Werner sicher nicht ein Kind der Sünde genannt.
Seit einiger Zeit schon habe ich Schriften gesammelt und habe mir auch in den Häusern der hier Anwesenden Briefe und Urkunden für meine Sammlung erbeten. Ich wollte den Schreiber des Briefes ermitteln. Erst in letzter Zeit aber habe ich systematische Schriftvergleiche angestellt. Das Vergleichen der Schriften war viel mühsamer als ich zuerst ahnte; denn die Schrift im Briefe war offensichtlich verstellt. Alle Schnörkel und Schlaufen mußte ich aus den Schriften herausnehmen und sortieren. Dann konnte ich feststellen, daß in dem Brief die Elemente anderer Schriften enthalten sind, die sich in meiner Sammlung befanden. Ich hatte mir schon bald gedacht, in dem Brief müsse es sich um eine nachgeahmte Schrift handeln; denn eine fremde Schrift nachzuahmen ist leichter, als eine Schrift neu zu erfinden. Ich konnte aber bisher noch nicht genau unterscheiden, wer den Brief geschrieben und dabei andere Schriften nachgeahmt hat.
Drei Schriften finde ich mit ihren Eigenarten in diesem Brief, die Schrift ihres Vaters, lieber Baron Freiholz, die Schrift ihres Vaters, lieber Kramhold und die Schrift des Herrn Leberlein. Nun könnte einer von diesen den Brief geschrieben haben und versucht haben, die beiden anderen nachzuahmen..."
„Es könnte auch ein vierter den Brief geschrieben und die drei nachgeahmt haben." Der Schultheiß sieht, während er das sagt, den Eiderhoff an.

„Es könnte auch ein vierter den Brief geschrieben habe!"
„Ihr könnt das nicht entscheiden, lieber Pater!" Eiderhoff sagt dies mit einiger Ironie.
„Ich kann das nicht entscheiden, aber...!"
„Dann hat eure Schriftforschung gar kein brauchbares Ergebnis!"
Wieder ist es Eiderhoff, der spricht.
„So sehe ich das nicht, widerspricht Pater Anselm und fährt fort: „Ich bin mir ziemlich sicher", und nun hebt er seine Stimme, „daß ich weiß, wer der Mörder ist!"
Erschrickt der Baron - oder Kramhold - oder?
Ich kann es nicht erkennen.
„Ziemlich sicher?", fragt der Baron. „Was heißt das?"
„Der Beweis?", ruft Kramhold.
„Der Beweis ist mehrdeutig und..."
„Wenn der Beweis mehrdeutig ist, dann ist es kein Beweis. Dann ist es nichts!" Der Baron sagt das wie ein endgültiges Urteil.
Warum, so frage ich mich, spricht der Pater jetzt nicht weiter über alles das, was er sonst noch festgestellt hat. Stumm nimmt er hin, daß der Baron das Gespräch beendet.
Ich spüre, wie der Baron sich entspannt. Ich spüre, wie er sich über den gelehrten Pater erhaben dünkt und ärgere mich. Er tut so, als ob er schon immer gewußt habe, diese Schriftforschungen seien ganz unnütz.
Warum war er denn so gespannt?
Ich habe doch gesehen, wie er angespannt da saß. Ich will ihn fragen, will selbst etwas sagen, sehe den Pater an, der schüttelt ganz leicht den Kopf.
Da höre ich Kramhold lachen, laut und ungebärdig. Heftige, befreiende Lachergüsse quellen aus seinem Gesicht. Sein Gesicht ist rot und verzerrt, der Mund steht offen. Das ist kein homerisches Gelächter, das ist Qual und Befreiung von Qual zugleich.
Das Gelächter reißt plötzlich ab, als er sieht, wie wir ihn alle anschauen.

Nur der Baron schaut ihn nicht an, der sitzt jetzt still und vergnügt und probiert den vor ihm stehenden Wein. Er schüttet nicht mehr weg, sondern bittet nun Oskar, von beiden Weinen noch etwas zu bringen und ihm nicht so sparsam einzuschenken.

„Beide Weine sind ganz vorzüglich, sodaß man kaum entscheiden kann, welchem die Palme des Siegers gebührt."

Er scheint glücklich, ist auf seinem Sitz nach hinten gerutscht und nutzt die hohe Lehne zu seiner Bequemlichkeit. Pater Anselm beobachtet ihn, wie er auch den Kramhold beobachtet. Das ist nicht mehr der milde Pater, er erscheint mir jetzt eher wie eine schwarz und weiße Spinne. Tückisch hält sie zwei Mücken an ihren Fäden und überlegt, auf welche sie zukrabbeln soll. Ich erinnere mich, daß ihn auch Freiholz mit einer Spinne verglichen hat.

Wir proben weiter.

Freiholz, der sich nun richtig behaglich zu fühlen scheint, trinkt reichlich, in großen Schlucken. Seine Augen glänzen. Er läßt sich, nun ganz entspannt, halten von den Geistern des Weines.

Die Gespräche wenden sich anderen Dingen zu. Eiderhoff spricht mit Kramhold über Geschäfte. Der Schultheiß spricht mit Herrn Leberlein. Der Baron ist in die Weine vertieft, die nun in schnellerer Folge auf den Tisch kommen.

Die Lautstärke der Sprache am Tisch nimmt zu. Wir sind nun bei der elften Probe. Von den letzten Proben wurde reichlich getrunken, was für eine solche Probe ganz ungewöhnlich ist. Oskar mußte vor allem dem Baron mehrmals einschenken.

Pater Anselm blinzelt mir zu.

Pater Anselm bittet noch einmal kurz um Gehör. Er habe noch eine Kleinigkeit vergessen, die ihm bei seinen Nachforschungen aufgefallen sei. „Vor einiger Zeit hat Karl den Brief aus dem Kinderkorb, an meinem Fenster in der Sonne stehend, einmal umgedreht. Ich hatte immer nur die Schrift des Briefes gelesen. Karl fand auf der leeren Seite des Blattes Schriftzüge eingedrückt, durchgedrückt wahrscheinlich mit einem Silberstift. Wir konnten sie mit Kohle sichtbar machen. Es handelt sich ganz ohne Zweifel um ein Testament zugunsten des Werner, das in der Folgezeit wahrscheinlich von dem Schreiber des Briefes oder von seinem Sohn unterschlagen wurde. Werner war ein reicher Erbe. Die Erbschaft war das Motiv für seine Aussetzung und für den Mord!"

Kramhold starrt ihn mit nun schrecklich hervorquellenden Augen an. Baron Freiholz hat zuerst nicht richtig hingehört, dann ist er aufgesprungen und hält sich jetzt leicht schwankend am Tischrand. Ich sehe die unterschiedliche Wirkung des Weines, wie er den erregten Kramhold immer weiter aufregt und den entspannten Baron noch tiefer in die Enstpannung gesenkt hat, aus der er jetzt erschrocken, verwirrt und fast hilflos auftaucht.

Alle sind aufgestanden.

Pater Anselm berichtet langsam, jedes Wort bedenkend: „Wir haben die Schrift selbst nachgeschrieben. - Manche Worte oder Wortteile waren verloren, wie verwischt, - sie hatten sich nicht durchgedrückt. Aber - wir konnten sie ergänzen aus dem Zusammenhang und aus der Situation. Mühsam war es. Jetzt wissen wir, was dieses Testament enthält."

Schweigen - die Spannung wird fast unerträglich.

„Die Schrift ist die Handschrift einer Frau, der Mutter des Werners und der Mutter des Mörders." Pater Anselm macht eine Pause.

Das ist wie in einem Albtraum. Nichts bewegt sich, aber das Schreckliche wird sich sogleich ereignen.

Da sagt der Pater: „ Leider konnte ich die Schrift dieser Frau in meinen Schriften nicht finden!"

Jetzt sehe ich Triumph in den Augen des Barons. Nicht finden, nichts finden? Da war ja alle Aufregung umsonst. Der Pater steht genauso schwach da wie nach seiner Schriftforschung. Das muß er nutzen, das muß er genießen, den Triumph auskosten. Er richtet sich auf und ruft:

„Natürlich konntet ihr die Schrift nicht finden!"

Der Baron lacht.

„Warum natürlich?"
Pater Anselm fragt ganz leise.
Der Baron erschrickt im Lachen. „Weil...weil..."
Er merkt, was er da gesagt hat. Im Augenblick des Triumphes hat er sich verraten.
Seine Spannung, vom Weine noch weit überdehnt, reißt plötzlich ab. Er sieht keinen Weg mehr.
„Weil?"
Herr Leberlein wirft das Wort über den Tisch.
„Weil ich sie vertauscht habe!", schreit Freiholz schrill.
In einem Augenblick hat er alles verloren. Jetzt braucht er auf nichts mehr Rücksicht zu nehmen.
Keiner sagt ein Wort.
Alle stehen erstarrt und sehen ihn an.
Auch er steht starr.
Der Triumph in seinem Gesicht verliert sich. Schatten breiten sich aus. Ich höre, wie Grandpatte sich erhebt. Da sehe ich, wie sich die Gestalt des Barons strafft. Er greift in den Gürtel und zieht einen Dolch.
Jetzt kommt die Bewegung.
Alle bewegen sich.
Alle bewegen sich zu langsam, sogar Grandpatte bewegt sich diesmal zu langsam. Der Baron wendet sich ganz gegen Pater Anselm und sticht zu.
Ich sehe das Messer auf die Brust des Paters zukommen.
Das Messer berührt die Brust.
Das Messer dringt aber nicht ein.
Es knirscht. Der Baron ist verblüfft.
Da hat ihn auch Grandpatte schon, von hinten anspringend, umgeworfen, steht auf ihm und fletscht die Zähne. In diesem Augenblick wird mir klar, warum sich Pater Anselm so mühsam bewegte, und was Oskar in der Waffenkammer des Barons wollte. Er hat dort wirklich etwas gestohlen und, unter seiner Kleidung verborgen, aus dem Gut geschmuggelt. Ein Kettenhemd hat er gestohlen und den guten Pater damit gesichert.

Was soll ich jetzt noch erzählen? Der Mordfall ist geklärt. Baron Freiholz ist der Mörder.
Da wird die Szene zum Tribunal. Den Schultheißen ergreift seine amtliche Würde. Er läßt Grandpatte zurückrufen und verwahrt den Dolch in einem Umschlag, den Pater Anselm und Herr Leberlein beglaubigen müssen. Dann setzt er sich in Positur und unterzieht den Baron einem ersten Verhör. Eiderhoff hat sich Schreibutensilien beschafft und notiert die Antworten. Freiholz ist nun völlig zusammengebrochen. Gleichgültig antwortet er auf die Fragen des Schultheißen.
„Ja, ich fürchtete, den Werner an meinem Besitz beteiligen zu müssen, wenn der eifrige Pater hier seine Herkunft ermittelt hätte."
„Ja, ich wußte, daß der Werner mein Halbbruder war. Deshalb habe ich ihn doch eingestellt. Ich wollte ihn bei mir haben, um ihn beobachten zu können."
„Ja, mein Vater ist an allem schuld. Er hätte den Bastard sofort töten müssen, dann hätte jeder gedacht, das Kind sei tot zur Welt gekommen."
„Nein, von dem Testament meiner Mutter wußte ich nichts. Ich weiß auch jetzt nicht, wo es sein könnte."
Der Schultheiß hält inne. Er schaut sich nach uns um.
„Wo verbirgt man ein Testament?" Der Pater spricht vor sich hin. „In einem Buche vielleicht, da wird es nicht zerknittert, oder bei anderen Schriften..."
Jetzt kann der Schultheiß fortfahren.
Wieder kommen die Antworten.
„Ja, in der Bibliothek werden alle Schriftstücke aufbewahrt, auch die Briefe meiner Mutter. Niemand darf sie allein betreten."
„Nein, wir haben nichts von dem, was meiner Mutter gehörte, weggeworfen. Alles ist im Gesindehaus eingeschlossen."
Bei jeder Antwort schaut der Schultheiß glücklich in die Runde. Er ist jetzt ganz Herr der Situation. Wie herrlich kann man doch einen Triumph genießen, auch wenn er von einem

anderen bewirkt wurde. Ich habe den Eindruck, daß er sich Fragen ausdenkt, nur um das Verhör zu verlängern.
Nach einer Weile kommen Amtspersonen und holen den Baron, um ihn ins Gefängnis zu führen.
Grandpatte ist zu Maria hinauf gegangen, um sich einen wohlverdienten Leckerbissen geben zu lassen. Wir sitzen wieder am Tisch.

Pater Anselm erklärt uns, was er vermutet, aber nicht beweisen kann. Er sagt, er nehme an, die Mutter des Barons habe wohl ein Verhältnis gehabt. Wer der Geliebte gewesen sein könne, könne er noch nicht einmal vermuten. Wahrscheinlich sei er ebenfalls schon tot. Sie habe dann wohl bemerkt, daß sie schwanger sei, und habe das Verhältnis nicht länger vor ihrem Manne verbergen können. Es habe sicher eine böse Auseinandersetzung gegeben. Eine Trennung habe man aber anscheinend vermeiden wollen. Um Schwangerschaft und Geburt vor den Leuten zu verbergen, habe man eine Reise in den Süden gemacht, auf der die Frau des Barons dann niedergekommen und sehr kurze Zeit danach wohl verstorben oder vielleicht auch ermordet worden sei. Sie, die aus einer wohlhabenden Familie in Winkel stammend, viel Geld und Gut in die Ehe gebracht habe, habe vorher aber ein Testament gemacht, von dem sie ihrem Gatten zwar erzählt, das sie vor ihm aber verborgen habe. Ob das Testament bei ihrem Tode eine Rolle gespielt habe, könne man heute sicher nicht mehr feststellen. Wahrscheinlich existiere das Testament noch immer und werde vielleicht später einmal auftauchen. Das sei aber jetzt ganz unbedeutend geworden.
„Nein“, rief da der Schultheiß. „Das Testament muß gefunden werden. Es wird bei dem Prozeß ein wichtiger Beweis sein. Keiner hat es gefunden, weil keiner danach suchte. Jetzt, da wir es haben wollen, werden wir es auch finden.“ So einfach ist alles, wenn man sich im Glücke wähnt. Freundlich fragt er dann Pater Anselm: „Wie habt ihr den Baron dazu gebracht, sich selbst zu verraten?“

„Ihr wart doch zugegen", erwidert der Pater. „Wir haben ihn zuerst in Spannung versetzt, indem wir zu einer Weinprobe einluden. Der Mörder mußte ahnen, daß die Weinprobe nur ein Vorwand war. Er hat es geahnt, sonst hätte er nicht vor der Probe noch einen Anschlag auf mich versucht. Ich habe seine Spannung zuerst noch erhöht, dann habe ich ihn in seinem Inneren eine tiefe Erleichterung und Überlegenheit spüren lassen, indem ich so tat, als hätte ich durch das Studium der Schriften keine entscheidende Erkenntnis gewinnen können. Dann plötzlich habe ich ihn wieder erschreckt durch die Schrift auf der Rückseite des Briefes und unmittelbar nach dem Erschrecken triumphieren lassen, als ich sagte, ich hätte die Schrift nicht in einer anderen Schrift erkennen können. Dem war er nicht gewachsen.
Im Triumph ist der Mensch am schwächsten. Denkt an die Ballspiele, bei denen eine Seite oft gerade dann einen Vorteil zu erringen vermag, wenn die Gegenseite im Augenblick eines Triumphes ihre Vorsicht vergißt. Der Triumph des Barons war vom Weine erhöht, dem er reichlich zugesprochen hat, und der die Gefühle, die ihn bewegten, noch jeweils verstärkte. Seine Vorsicht hatte sich aufgelöst im Wein. Er konnte seinen zweiten Triumph nicht mehr schweigend genießen. Er mußte uns einfach wissen lassen, daß er viel schlauer sei als wir."
„In vino veritas."
Diesmal sagt es der Schultheiß.

VI

Nun ist Montag, der 25. Juli. Die vereinten Preußen und Österreicher haben Mainz eingenommen. Die Franzosen ziehen ab. Pater Anselm und ich sitzen auf der Terrasse vor dem Kloster. Mir ist etwas unwohl bei dem Gedanken, der Baron könnte vielleicht aus dem Gefängnis ausbrechen, auf dessen Sicherheit ich nicht so sehr vertraue. Dann könnte er sich an Pater Anselm rächen wollen. Der lacht darüber und weigert sich, das Kettenhemd zu tragen. „Das Rätsel ist gelöst", sagt er. „Die Gedanken des Mörders sind so sehr auf Besitz gerichtet, daß Rache in ihnen keinen Platz hat. Wenn er aus dem Gefängnis ausbräche, hätte er ganz anderes im Sinn. Laß uns lieber noch einmal den ganzen Mordfall durchdenken, damit wir sehen, ob alles darin nun seine schreckliche Ordnung hat."

„Also ich sehe das so", fange ich an. „Als der Baron von euren Schriftforschungen hörte und eure Bemerkungen dazu vernahm, ihr wolltet verstellte Schriften erkennen, da dachte er sogleich an den Brief, der bei dem ausgesetzten Kinde gefunden wurde. Er mußte fürchten, sein Erbe teilen zu müssen, wenn einer herausgefunden hätte, wer den Brief geschrieben hatte; denn damit wäre bekannt geworden, in welcher Beziehung zu Werner er wirklich stand. So war die Erhaltung seines Besitzes die Triebfeder seines Handelns. Auch wenn er von dem Testament seiner Mutter nichts wußte. Wie hätte er nachweisen sollen, daß der Werner nur sein Halbbruder war? Er beschloß, entweder euch oder den Werner oder beide zu töten, am besten beide, da ihr den Werner unterrichtet haben konntet. Mit euch hat er es zuerst versucht. Wie er den mißglückten Mordanschlag auf euch ins Werk setzte, war leicht herauszufinden, nachdem wir einmal einen Verdacht hatten. Der Mord war schwerer zu erkennen. Er wußte, daß es am Rheinufer häufiger zu Scharmützeln mit sporadischen Schießereien kam. Besonders war damit zu rechnen, wenn die Preußen dort ihren Proviant bewegten. Wo kann man einen Mord am besten verbergen? Natürlich in einem solchen Gefecht, in dem nur hin und wieder geschossen wird. Da ist es nicht gefährlich, wenn man in Deckung bleibt und aus der Deckung heraus schießt. Dem Werner brauchte er nur frei zu geben, als er hörte, daß die Proviantkarren wieder führen. Er wußte, daß dieser zu Lena Eiderhoff gehen werde.

Werner wurde vom Garten aus erschossen. Deshalb ging die Kugel schräg nach oben durch seinen Kopf. Der Mörder stand ja wahrscheinlich, von einem Baum gedeckt, im Garten, tiefer als er. Lenas Tod war ein unglücklicher Zufall. Der Mörder muß sich als Günstling des Teufels gefühlt haben. Wäre Pater Scherer nicht gewesen, keiner hätte es gemerkt."

„Ja", sagt der Pater. „Ich war so aufgeregt, daß ich nicht klar denken konnte."

Ich bitte den Pater, mir nun doch noch zu erklären, wie er das Rätsel der Schnörkel gelöst habe.

„Das ist ganz einfach. Der alte Baron schrieb den Brief, der im Korb lag. Da er sich daran gewöhnt hatte, solche Schnörkel zu schreiben, spürte er beim Schreiben immer wieder den Drang, solch einen Schnörkel anzubringen. Er vermochte sich aber meistens soweit zu beherrschen, daß aus dem Schnörkel nur ein winziges Häkchen wurde. Manchmal aber kam er so in Schwung, daß der Anfang eines Schnörkels entstand. Dann erschrak er jedoch und zwang sich, den Schnörkel verkümmern zu lassen. Da die Gebilde, die da entstanden, seinen Schnörkeln nicht mehr so ähnlich sahen, beließ er es dabei, statt den Brief noch einmal zu schreiben. Er war sich sicher, daß man seine Schrift nicht erkennen könne. Ich habe ja auch lange genug dazu gebraucht!"

Pater Anselm überlegt.

„So ganz sicher war ich mir auch dann noch nicht, als ich diese Erklärung für die verkümmerten Schnörkel gefunden hatte.

Daher war die Weinprobe eine glänzende Idee."

Er lehnt sich zurück und lächelt.

„Jetzt habe ich nur noch eine Frage", sage ich. „Warum wolltet ihr, daß auch Eiderhoff zu der Weinprobe eingeladen werde? Den hattet ihr doch nicht mehr in Verdacht?"
Pater Anselm sieht mich nachdenklich an.
„Einen Verdacht hatte ich nicht. Ich hatte auch keine Vermutung. Ich hatte nur so ein unbestimmtes Gefühl, daß zwischen Eiderhoff und Werner eine Beziehung bestehen könnte. Eine schwer bestimmbare Ähnlichkeit. Ich weiß nicht, ob du verstehst, was ich meine. Manchmal sieht man eine Ähnlichkeit in Gesichtern, eine Ähnlichkeit, an die man immer nur denkt, wenn man eines dieser Gesichter allein sieht. Sieht man sie beide zusammen und vergleicht Einzelheiten, Nase, Mund und Augen, dann findet man diese Ähnlichkeit auf einmal nicht mehr und meint, man habe sich getäuscht. So ging es mir mit Eiderhoff und Werner."
„Da war also nur ein unbestimmtes Gefühl?", frage ich enttäuscht. Der Pater nickt.
„Es war ein unbestimmtes Gefühl vor der Weinprobe."
Er richtet sich auf.
„Jetzt weiß ich mehr. Der Schultheiß hat mir eine Auskunft gegeben über einen Mann, den ich vor vielen Jahren mehr vom Hörensagen als persönlich gekannt habe.
Da war ein Weinhändler. Er kam immer vom Niederrhein herauf. Er war berühmt wegen seiner klugen Geschäfte, seiner guten Weinnase und ... „
Er hört auf zu sprechen und schaut nach Bingen hinüber .
Er sitzt ganz still.
Dann fährt er fort: „Jetzt habe ich schon so viel gesagt. Jetzt kann ich auch den Rest noch sagen. Er war ein schöner Mann. Sie nannten ihn nur den schönen Andres. Seinen richtigen Namen hatte ich nie gehört." Pater Anselm unterbricht sich und lächelt. „Er hieß Eiderhoff, Andres Eiderhoff! Er war nicht berühmt, sondern eher berüchtigt wegen seiner Vorliebe für schöne Frauen, Ehefrauen, Frauen anderer Männer also. Ich erinnerte mich gestern, daß ich damals gehört hatte, er habe sich alles gerne nachsagen lassen, alle möglichen Ehege-

schichten, nur wenn einer andeutete, er habe etwas mit der Frau des alten Barons Freiholz, dann habe er richtig aggressiv reagiert. Wenn er meinte, es sei nötig, so aggressiv zu reagieren, dann wird er wohl vor allem mit dieser Frau...Aber das sind alte Geschichten. Wer fragt schon um Rat, bevor er eine Dummheit macht?"

„Dann wäre der Werner ja ein Halbbruder des Eiderhoff gewesen, und wenn einer das Testament fände, wäre der Eiderhoff jetzt vielleicht der Erbe des Anwesens der Freiholz, wenn der Vater des Werners im Testament genannt wäre."

Mir wird ein wenig schwindlig bei diesem Gedanken.

Ich kann mir jetzt auch denken, warum Pater Anselm darüber nichts gesagt hat. An die alte Geschichte will ich aber nicht rühren. Ob er den alten Eiderhoff, den schönen Andres, wirklich nur so oberflächlich kannte?

Mit dem Eiderhoff, der demnach auch ein Halbbruder Werners war, hat er ihn ja offenbar lange Zeit nicht in Verbindung gebracht, das hätte er mir gesagt.

Da höre ich ihn weitersprechen.

„Der junge Freiholz wußte wohl von dem Kind. Er wußte von dem Vermögen der Mutter und wußte auch, daß das Kind ein uneheliches Kind war. Ich glaube nicht, daß er wußte, was in dem Brief stand und auch nicht, wer ihn geschrieben hatte. Er fürchtete wohl, es könnte ein Brief seiner Mutter sein. Deshalb gab er mir auch kein Schreiben seiner Mutter für meine Schriftenforschung, sondern ein Schriftstück einer Verwandten, einer Schwester seines Vaters, deren Schrift mir nicht unbekannt war. Er gab mir dieses Schriftstück so, als ob es von seiner Mutter sei. Deshalb sagte er, er habe die Schrift vertauscht!"

Pater Anselm schaut in sein Glas und schweigt.

„Diese Reise in den Süden", sagt er dann so vor sich hin, ohne mich anzusehen, „das war ein Versuch, die Schande zu vertuschen. Es hätte sicher Gerede gegeben.

So wurde das Kind unterwegs geboren. Die Mutter starb. Ich sagte schon, vielleicht wurde da nachgeholfen. Wer kann das

wissen? Das Kind konnte man leicht verschwinden lassen vor einer Klostertüre.
Um das Testament mag sich nun der Schultheiß kümmern. Er schien ja sehr sicher, daß er es finden werde. Nun höre ich aber, daß sie die Bibliothek noch immer nicht durchsucht haben. Sie seien auf dem Amt eben noch mit Formularen, Protokollen und Anträgen beschäftigt.
„Wie bin ich so froh, daß wir uns mit diesen Erbschaftsangelegenheiten nicht plagen müssen!"
Er atmet auf, als habe er sich von einer Last befreit.
„Das ist nun wirklich alles, was ich von dieser Geschichte weiß!"
Meine Gedanken beginnen zu wandern.
Ich denke an die unglückliche Frau, den Werner und den hinterhältigen Mord und frage: „Warum läßt Gott das zu?"
„Der Mensch ist das vollendetste aller Geschöpfe Gottes, weil er frei ist, auch das Böse zu tun. Wäre er frei, wenn Gott ihn an solchen Untaten hinderte?"
Wir schauen auf die Weinberge, genießen ein Glas Riesling und hüllen uns in unsere Gedanken.
Da bemerke ich links unten, in Richtung Geisenheim, den Schein eines Feuers und höre auch die Feuerglocke läuten. Anscheinend ist bei dem Anwesen des Barons oder sogar in seinem Hause ein Feuer ausgebrochen.
Wir bleiben ruhig sitzen. Bis wir von hier aus zu Hilfe kämen, wäre es ohnehin zu spät. Wir sehen nach einer Weile, wie das Feuer schwächer wird und schließlich erlischt.
Später kommt Oskar und erzählt, der Baron sei aus dem Gefängnis ausgebrochen. Der Wärter habe es erst eine Stunde später bemerkt. Der Schultheiß persönlich sei dann an der Spitze einer Truppe von wackeren Amtspersonen losgezogen, um ihn wieder einzufangen. Sie seien zum Gutshof geeilt und hätten dort den Baron überrascht, wie er, auf der Galerie der Bibliothek stehend, Papiere auf einen Haufen geworfen habe. Der Schultheiß habe sofort amtlichen Anspruch auf die Papiere erhoben. Als der Baron ihn gesehen habe, habe er von

oben eine brennende Fackel in den Papierhaufen geworfen. In wenigen Augenblicken habe alles in Flammen gestanden.
Der Baron habe sich von der Galerie nicht mehr retten können; denn die Galerie habe keinen eigenen Ausgang zum Hause gehabt. Beide Treppen nach unten in den Hauptraum der Bibliothek aber hätten sofort in Flammen gestanden. So sei er zusammen mit seinen Schriften verbrannt. Der Schultheiß und seine Leute hätten nur mit Mühe, zwar ein wenig angesengt, aber sonst unversehrt den Ausgang gewinnen können. Die Bibliothek sei ganz ausgebrannt. Das übrige Anwesen aber habe man retten können.

Am Abend gehe ich zu Maria.
Ich erzähle ihr alles, was wir besprochen haben, und meine dann, das Testament sei ja nun wohl endgültig verloren.
„Warum seid ihr eigentlich so sicher, daß es in der Bibliothek verborgen war?"
Sie schaut mich fragend an.
„Bei all' eurem Gerede über die Schriften in der Bibliothek habt ihr anscheinend ganz vergessen, daß eine Frau ein Testament auch an einem anderen Ort verbergen kann als gerade in einem Buche. Ich meine sogar, ein Buch sei auf Reisen ein besonders ungünstiges Versteck. Das kann doch jeder mal in die Hand nehmen, um darin zu blättern. Wenn ich die Baronin gewesen wäre, hätte ich wenigstens während der Reise das Testament in meinen Kleidern verborgen, an denen niemand außer mir etwas zu suchen hat. In mein Mieder hätte ich es gesteckt und dort im Futter eingenäht. Dort würde ich noch einmal suchen, in den Kleidern, die im Gesindehaus eingeschlossen sind, wie du gesagt hast."
Dort haben die Amtspersonen dann auch, von mir über Marias Vermutung unterrichtet, gesucht und tatsächlich das Testament gefunden.
Es war so, wie wir es uns gedacht hatten, und war mit einem Silberstift geschrieben.

Anmerkungen zum geschichtlichen Hintergrund

Auf der Spur des Chronisten ...

In einer alten Rheingauer Wein- und Geschichtschronik findet man für das Jahr 1793 folgenden Eintrag:
„Am Heilig 3 König Tage jagten die Preussen die Franzosen aus Hochheim. Die Franzosen feuerten von Budenheim auf die hin und her reitenden Husaren und Karren herüber, wodurch am 2. Jänner eine Frau und ein Mädchen, die den Warnungen ungeachtet, dem Schiessen mit Lachen zusahen, todt geschossen wurden."
Eberhard Kunkel wählt für seinen ersten historischen Roman diese alte, zeitgenössische Textstelle als Ausgangspunkt seiner Kriminalgeschichte um einen Toten, der uns in dieser Chronik nicht überliefert wird ...
Die Fassung der Rheingauer Wein- und Geschichtschronik, der unsere Textstelle entstammt, umfaßt die Jahre 1626 - 1848 und gelangte 1864 in den Besitz der freien Stadt Bremen.
Christian Josef Labonte, früherer Domänerat auf Schloß Johannisberg, hat diesen alten handschriftlichen Chronikkodex bearbeitet und 1979 in der Reihe „Schriften zur Weingeschichte", herausgegeben von der Gesellschaft für Geschichte des Weines, veröffentlicht.

Eine der umfassendsten Quellen sind die Aufzeichnungen des „Paters Scheerer aus Eberbach" gewesen, der, wie uns ein späterer Chronist, Dr. Robert Haas, überliefert, 1817 in Winkel gestorben ist.

Wenn es sich auch nicht endgültig belegen läßt, so spricht doch vieles dafür, daß die zeitgenössische Mitteilung, um die Eberhard Kunkel diesen Roman gesponnen hat, aus der Feder des Paters Scheerer stammt. So hat er sich dazu entschlossen, dem Chronisten im Roman auch den Namen Scheerer zu geben.

Der Rheingau im Jahre 1793, die Rheingauer zwischen Franzosen, Preußen, Salzburgern und Hessen-Darmstädtern.

Der Rheingau des Jahres 1793, des Jahres, in dem diese Kriminalgeschichte spielt, wird bestimmt von den Kriegsereignissen, die in der Französischen Revolution ihre Ursache hatten.
Eberhard Kunkel hat viele interessante Stellen aus den verschiedenen Chroniken zu den kriegerischen Ereignissen im Rheingau in seinem Roman eingearbeitet.

Seit dem revolutionären Sommer 1789 waren die meisten Anhänger des französischen Königs Ludwig XVI. aus Frankreich geflohen. Diese Emigranten versuchten unter der Führung der Brüder Ludwigs, die ihre Residenz bei Koblenz aufgeschlagen hatten, eine Gegenrevolution herbeizuführen. Französische Emigranten waren es, die die Rheingauer erstmals, wenn auch indirekt, mit der französischen Revolution in Berührung brachten. Der Chronist Haas beschreibt ausführlich, wie die Emigranten auch im Rheingau untergebracht wurden.

Preußen und Österreich schlossen im Frühjahr des Jahres 1792 ein Defensivbündnis gegen Frankreich. Ein französisches Ultimatium zur Auflösung dieses Bündnisses wurde nicht erfüllt, und so kam es zum Krieg mit Österreich und Preußen.

Die französische Revolutionsarmee wurde von Österreich und Preußen nicht sonderlich ernst genommen. Für alle kam daher die Niederlage der Invasionsarmee vor Valmy am 20. September 1792 überraschend. General Dumouriez und Reichsmarschall Kellermann (Seite 57) hatten die französischen Revolutionstruppen in der „Kanonade von Valmy" zum Sieg über die Invasionsarmee geführt und diese zum Rückzug gezwungen. Als eine Laune der Geschichte mag man es mit Blick auf unseren Roman bezeichnen, daß Kellermann (1735 - 1820) am 20. August 1807 von Napoleon als Dank für seine militärischen Leistungen die Domäne Johannisberg mit ihrem Zubehör geschenkt bekam.
Die weiteren Ereignisse bis zur Rückeroberung der Stadt Mainz sind im Roman dem historischen Ablauf entsprechend dargestellt.

Historische Notizen:

(Seite 11) Die „Schwestern der hl. Hildegard" sind die Benediktinerinnen des Klosters Eibingen (seit 1165), heute über Rüdesheim, früher im Dorf Eibingen gelegen.

(Seite 25) „Ein Blick aus treuer Augen Licht löscht hunderttausend Schmerzen"
Aus dem mittelalterlichen Versroman „Tristan" des Gottfried von Straßburg (um 1200).

(Seite 55) Jacques de Vaucanson, französischer Mechaniker (1709 - 1782), Konstrukteur automatischer Puppen.

(Seite 64) Im Jahre 1530 wurde Geisenheim schon einmal von einem Kaiser besucht. Es war Kaiser Karl V., der auf der Reise zur Krönung seines Sohnes in Köln Station in Geisenheim machte und dort vom Schultheißen im Rathaus bewirtet wurde.

(Seite 73) Das „Land der Phäaken" ist in der Odyssee des Homer die sagenhafte Insel Scheria. Homer beschreibt ein Paradies der Winzer im Lande der Phäaken.

Zur Person:

KARL

Eigentlich ist Karl ein Comicheld!
Als "Spätlesereiter" wurde er bekannt.
Die Geschichte von der Entdeckung der Spätlese im Jahre 1775 ist sein erstes Comicabenteuer gewesen. Mittlerweile hat er bereits fünf Abenteuer erfolgreich bestanden und seinen Ruf als Comicheld gefestigt.

Die Karl-Schöpfer, Apitz und Kunkel, erzählen Bildergeschichten, die entlang des Rheins vor dem historischen Hintergrund des ausgehenden 18. Jahrhunderts spielen.
Die Autoren arbeiten dabei auf humorvolle Art und Weise geschichtliche Ereignisse auf und vermitteln in der den KARL-Comics als Literaturform eigenen Synthese aus Wort und Bild Wissenswertes über Wein und Geschichte.

Folgende KARL-Comics sind bisher erschienen:

KARL · Der Spätlesereiter
Band 1 · ISBN 3-925771-02-6

KARL · Das Faß der Zisterzienser
Band 2 · ISBN 3-925771-04-2

KARL · Die Revolution
Band 3 · ISBN 3-925771-05-0

KARL · Der Fall Loreley
Band 4 · ISBN 3-925771-10-7

KARL · Das Gold der Nibelungen
Band 5 · ISBN 3-925771-12-3

(KARL-Comics, 48-Seiten farbig 12,80 DM)

Die KARL-Weinbücher

KARL-Weingeschichte

Die Geschichte des deutschen Weinbaus. Das Buch bietet eine geschichtliche Abhandlung der Entwicklung des deutschen Weinbaus von den Römern bis heute, die zum einen durch informative Bilder unterstützt und zum anderen von Karls treuem Hund Grandpatte humorvoll begleitet wird.

KARL-Weinkompendium

Gemeinsam mit Pater Anselm hat Karl einen Vortrag zum Weinbau gehalten, der als önologische Comicographie in Buchform erschienen ist: Im KARL-Weinkompendium erfährt der Leser alles Wissenswerte über die Kunst des Weinbaus.

KARL-Weingeschichte und KARL-Weinkompendium vermitteln so im Duett allen Lesern auf unterhaltsame Weise das Wichtigste vom deutschen Wein und seiner Geschichte.

(KARL-Weinbücher, 96 Seiten farbig, fester Einband, gebunden, 25,80 DM)